AMBRA |V

JEAN-MARC IBOS MYRTO VITART ARCHITECTURE AND THE CITY

Ambra | V

JEAN-MARC IBOS MYRTO VITART
ARCHITECTURE AND THE CITY

Dominique Boudet, ed.

FUNCTION AND FICTION
FONCTION ET FICTION

Dominique Boudet

Jean-Marc Ibos and Myrto Vitart produced few but highly elaborated projects. Their architecture, which is measured, precise and impeccable in its execution, stands apart from the exuberance of the moment. Neither heroic nor ironic — the two contrary modes between which, according to art historian Jean-François Chevrier, modernity shifts its expression, their works manifest a rationality full of seduction. To paraphrase Roland Barthes, who when comparing the art of boxing to catch wrestling said that the former was 'a Jansenist sport founded on demonstrating excellence', we might say that for Ibos and Vitart architecture is a Jansenist art founded on demonstrating measure.[1] Their simple forms, precise plans, clever site insertion and refined envelopes describe an architecture that is clearly thought out and controlled from start to finish of the process of design and construction, from which all excess is banned. But this is only one side of their work. These perfectly governed artefacts are not just functional, rational objects, they are also very precise, effective, reactive 'urban sensors'. Doubtless the hospital extension in Paris or the fire station at Nanterre like all their works, are solid edifices that fill the requirements of their brief and are intelligently inscribed in their site. But a closer look at these projects reveals particularities that seem to address other concerns: the consistent choice of a type of spatial arrangement in which circulations are positioned against a façade; the importance given to elevations; the preference for

Jean-Marc Ibos et Myrto Vitart produisent peu, mais des projets très élaborés. Leur architecture mesurée, précise, d'une facture impeccable, tranche avec l'exubérance de la production du moment. Ni héroïque ni ironique, qui seraient selon l'historien d'art Jean-François Chevrier les deux modes d'expression opposés entre lesquels oscillerait la modernité, cette production exprimerait une sorte de rationalité non exempte de séduction. Paraphrasant Roland Barthes, qui opposait la boxe au catch et suggérait qu'elle était « un sport janséniste, fondée sur la démonstration d'une excellence[1] », on pourrait considérer que pour Ibos et Vitart l'architecture serait un art janséniste, fondé sur la démonstration de la mesure. La simplicité des formes, la rigueur des plans, la précision des implantations, le raffinement des enveloppes dessinent effectivement une architecture raisonnée, tenue d'un bout à l'autre du processus de conception et de construction, où tout excès est sévèrement rejeté. Mais à y regarder de plus près, ce n'est qu'une des faces de cette architecture. Car ces artefacts parfaitement contrôlés ne sont pas que des objets fonctionnels, rationnels. Ce sont aussi de très efficaces, très

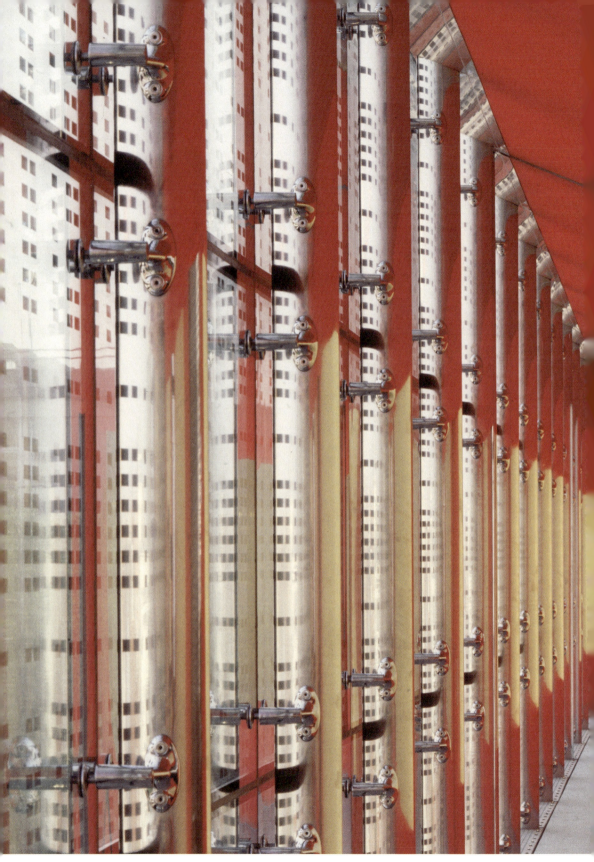

materials such as glass, polished stainless steel and aluminium; and the recurrent recourse to mirror effects. One may consider these particularities as the expression of idiosyncrasies, mere style effects. In fact, they are clear and deliberate decisions that are to some extent dictated by the project itself. More precisely, they are the means by which Ibos and Vitart attain their ends: not limit the response to the functional reality alone, but speak to the imagination too, open the project up to a dimension that may be called 'fictional'. Going beyond the functional constraints and the physical reality of the project, these devices enable the construction of a situation that triggers the imagination, a fiction. At the museum of Fine Arts in Lille, a curtain wall becomes a living painting; at Rennes, the entire Departmental Archives building is a *mise en scène* of the endlessness of time. Nowadays, most people agree that an architectural project should not be reduced to its functional or technical performances alone. It must also open to different levels of meaning, and stimulate the feelings and the imagination of passer-by and users. Peter Zumthor expresses nothing different when he says that: 'buildings can only be accepted by their surroundings if they have the ability to appeal to our emotions and minds in various ways'.[2] To produce these 'emotional, visible, physical narratives' that Andrea Branzi considers to be the real mission of designers today, Ibos and Vitart do not try to provoque imagination or surprise by unusual forms, technical prowess,

précis, très sensibles « capteurs urbains ». Certes, la Maison des adolescents à Paris ou la caserne des pompiers à Nanterre comme toutes leurs réalisations, se présentent d'abord comme de solides édifices, satisfaisant aux exigences d'un programme, s'inscrivant avec pertinence dans leur site. Mais une analyse plus serrée de cette production révèle certaines particularités qui font s'interroger : l'adoption répétée d'une même disposition spatiale (comme le transfert en façade des circulations), l'importance donnée aux façades, la préférence pour quelques matériaux (le verre, l'inox poli, l'aluminium) ou encore le recours récurrent à des effets de miroir. On pourrait n'y voir que l'expression de préférences personnelles, qu'une sorte de style. Or ces choix très précis et répétés sont en quelque sorte dictés par le projet lui-même. Plus exactement, ils permettent à Ibos et Vitart d'atteindre leur but : ne pas se limiter à la réalité des choses mais aller au-delà, parler à l'imaginaire, ouvrir le projet à une dimension que l'on qualifiera de « fictionnelle ». À partir des exigences fonctionnelles et de la réalité physique du projet, ces moyens leur permettent de construire un nouvel imaginaire,

confrontation of disparate elements or unusual use of materials.[3] Such strategies have informed some outstanding projects, but have also contributed to making many irritating and insignificant others. Our architects never seek the emotional trigger outside of the project itself. On the contrary, they find it in its most intimate element: the functioning principle. It is in the way a building works in general—spatial organization, relationships between interior/exterior, interaction with context—that it is able to suggest things, elicit emotion and stimulate thought. Function generates fiction. Another aspect, too, distinguishes their approach. With a view to widen the scope of interpretation of a project they do not borrow from other disciplines. They hold to the discipline of architecture. It is by working with its basics—plan, section, elevation—that the blending of function and fiction is achieved: that interior functioning comes to animate the façade, that the architectural project resonates with its surroundings, that the building reacts to both internal and external impulses, elicits emotion and enhances perception.

une fiction. Au Palais des beaux-arts de Lille, un mur-rideau devient un tableau vivan; à Rennes, tout l'édifice des Archives départementales est une mise en scène sur l'infini du temps. Il est aujourd'hui communément accepté qu'un projet architectural ne peut se réduire à ses performances fonctionnelles ou techniques. Il doit aussi offrir différentes clés de lecture, stimuler la sensibilité, voire l'imagination, de celui qui le regarde ou de l'usager. Peter Zumthor n'exprime rien d'autre quand il énonce que « les bâtiments ne seront acceptés par leur environnement que s'ils sont capables de solliciter de différentes manières nos émotions et notre imagination[2]. » Pour produire ces « narrations émotionnelles, visibles, physiques[3] » qu'Andrea Branzi considère comme la vraie mission de l'architecte aujourd'hui, ce n'est pas par des formes étonnantes, une prouesse technique, la confrontation d'éléments étrangers ou encore le détournement de matériaux que Ibos et Vitart vont chercher à susciter l'imagination ou provoquer la surprise. Autant de stratégies qui ont été à l'origine de projets remarquables, mais qui ont conduit aussi, il est vrai, à l'outrance ou l'insignifiance de beaucoup d'autres. Pour eux, le ressort de l'émotion, les éléments permettant de construire une fiction, ne se trouvent pas hors du projet mais au contraire dans son élément le plus intime : le fonctionnement. C'est par son fonctionnement, entendu au sens large (organisation spatiale, rapports intérieur-extérieur, relations avec le contexte) que le projet suggère, provoque la sensibilité ou l'intelligence, ouvre la voie à l'imagination. La fonction

These architects do not set out to create surprising objects. Rather, to stimulate imagination, they compose special design arrangements which create surprises by capturing the inner life of a building, by entering in vibration with their context. Obviously, façades play a central role in these arrangements. But before describing the essential components of these arrangements, it may be useful to show to what extent their fictional content can be effective in its expression. To this end, let us compare the museum of Fine Arts at Lille and the Guggenheim museum in Bilbao, two projects that were completed the same year, in 1997. At Bilbao, Frank Gehry, who is a magician of forms, had the benefit of all the freedom of expression of a visual artist and could bring to bear the most advanced techniques in design and construction. He produced an extrovert architecture that by the explosive energy of its titanium-clad volumes and dancing volumes makes a direct appeal to the emotions and physical reactions of passers-by and visitors. At Lille, Ibos and Vitart have adopted an opposed line: their project limits itself in the confrontation of a ponderous neo-classical edifice with a purist, static adjunct, unnoticeable except for the perfect plane of its façade, scanned by reflecting metal inserts. Simple as it is, this arrangement nonetheless gives considerable scope to emotion and interpretation. The range of perceptions and effects it creates is astonishing: the 19th century building appears in reverse-telescopic projection, the glass façade opens up a sort

soutient la fiction. Un autre aspect différencie leur approche. Ce n'est pas par le recours à des éléments empruntés à d'autres disciplines qu'ils cherchent à élargir le champ d'interprétation d'un projet. Ibos et Vitart s'en tiennent à la discipline de l'architecture. Et c'est en travaillant avec ses éléments les plus fondamentaux, le plan, la coupe, la façade, que ce rapport étroit entre fonction et fiction va s'établir. Que le fonctionnement intérieur va pouvoir se glisser en façade, que l'objet architectural va entrer en résonance avec le monde qui l'entoure. Que le bâtiment va se mettre à réagir à toutes les impulsions intérieures ou extérieures et susciter l'émotion, élargir la perception. Ibos et Vitart ne créent pas des objets surprenants, ils conçoivent des dispositifs qui, eux, vont surprendre la vie intérieure, entrer en vibration avec le contexte, nourrir l'imaginaire. Et l'on voit immédiatement le rôle central qu'occupe la façade dans ces dispositifs. Mais il ne faut pas se méprendre : la façade n'est pas simplement la peau extérieure, cette mince couche qui enveloppe le bâtiment. Ici, elle prend de l'épaisseur, de la profondeur. Elle intègre les éléments situés en arrière : une circulation, un mur, parfois même le volume de l'espace intérieur.

of 'gigantic Persian miniature', with the movements of the staff visible behind its plane, as if suspended in the sky. Till the glass roof that covers the temporary exhibitions gallery located at basement level, which contribute to the illusion: it looks like a surface of water in the middle of the courtyard. The upgrade/extension of the museum of Fine Arts at Lille is a good example of the level of precision that Ibos and Vitart bring to the conception, elaboration and construction of their design arrangements. But there is no need to give a detailed description of the process here, since the architects have done so themselves [cf. p.046]. Instead, let us look at how they articulate programme and site to stimulate sensitivity and imagination. Programme and site are the two main sources of input by which any project is developed. The way they are read and interpreted shapes the basic elements of the design response: the functioning of the building and its resolution in the plans, sections, elevations and overall volumetry, the insertion of the building into the site and its relations with context, near and far. This explains the specific

> C'est dire que la constitution de ces dispositifs sollicite presque simultanément toutes les dimensions du projet : l'implantation dans le site, qui donne le rapport au contexte, l'organisation spatiale interne, la structure, l'enveloppe. Mais avant de détailler les éléments essentiels de ces dispositifs, il n'est pas inutile de montrer comment s'exprime cette dimension fictionnelle. Il est intéressant à cet égard de comparer le Palais des beaux-arts de Lille et le musée Guggenheim de Bilbao, deux projets du reste achevés la même année, en 1997. Magicien des formes, bénéficiant de la liberté d'expression du plasticien, convoquant les derniers moyens techniques aussi bien au niveau de la conception que de la réalisation, Frank Gehry produit à Bilbao une architecture extravertie, sollicitant directement l'émotion ou la réaction physique du passant ou du visiteur par l'explosion d'énergie de ses volumes en titane, de ses formes dansantes. Ibos et Vitart ont une approche à l'opposé : le projet se résume à la confrontation d'un pesant édifice néoclassique avec un prime puriste, statique, qui ne se distingue que par le plan parfait de sa façade ponctuée d'incrustations métalliques réfléchissantes. Bien qu'en soi très simple, ce dispositif n'ouvre pas moins un large champ à l'émotion et à l'interprétation. La variété des perceptions et des effets est assez étonnante : mise en abîme de l'édifice du XIXe siècle dont la façade arrière se reflète sur le pan de verre de l'extension ; transformation de cette façade en une miniature persane géante ; personnes se déplaçant en arrière perçues comme suspendues dans le ciel.

importance that precise analysis of programme and site data have for Ibos and Vitart: for the museum of Fine Arts in Lille, it was the building's functioning principle and its relations with its context that enabled them to reveal its potential for fiction. By projecting the movements of users inside onto the façade, along with incidentals (such as light rebounding from a door as it opens, or a painting being moved) the everyday reality of the museum changes nature, becomes something else—to the extent that the façade itself is like a living painting. But this delicate articulation of function and context for the benefit of our perception does not disturb the imperative canons of any design: perfect functionality, durability. For Ibos and Vitart, the prime requisite for any building is that it must 'work'. And to do so its functioning principles must translate into simple plans. Whatever the programme may be, and regardless of its complexity, their plans are remarkable for their clarity: the Luxembourg national library offers an archetypical example. Their talent allow architects to maintain this simplicity even when their intention to project the inner animation of the building towards the exterior has led them to adopt a specific functioning device. It consists in positioning circulations against a façade. This is the case at the museum of Fine Arts in Lille, at the extension hospital in Paris, and at the Departmental Archives building in Rennes. Such design arrangements also find their origin in site analysis, by which the functioning diagram is made to interact coherently with the shape of the land. The hospital extension in Paris is a perfect illustration of the association between site and

> Jusqu'à la verrière horizontale couvrant la salle des expositions temporaire installée en sous-sol qui ne participe à cette illusion : elle semble un plan d'eau au centre de la cour. L'exemple de la rénovation et extension du Palais des beaux-arts de Lille laisse entrevoir le niveau de précision avec lequel les architectes conçoivent, mettent au point et construisent ces dispositifs. Il n'est pas nécessaire ici d'entrer dans la présentation de leur élaboration, que l'on trouvera un peu plus loin dans ce livre, directement exposée par les architectes eux-mêmes (cf. p. 046). On s'attachera davantage à expliciter comment, par l'articulation du programme et du site, ils ouvrent un champ à la sensibilité ou à l'imaginaire. Programme et site, on le sait bien, constituent les deux principaux input à partir desquels se développe tout projet. De leur compréhension et de leur traduction naîtront les éléments essentiels de la réponse : le fonctionnement et sa traduction en plans, coupes, façades, la volumétrie générale, l'insertion dans le site du bâtiment et donc les rapports avec le contexte, proche ou

functioning principle: while stretching the building over the entire length of the narrow site, the designers put circulations all along its façade, which fronts boulevard de l'Hôpital. The way a building is inserted in its site is crucial, because it commands relationships with context. And for these architects, context is not simply the exterior, a neutral environment with which the building entertains a relationship that is more or less defined, at a distance. On the contrary, context plays an active role in animating design. Ibos and Vitart figure among the few architects who are genuinely mindful that their projects interact with what is pre-existing. In this, it is the façade that is of prime importance, since it is the interface that governs relationships. At the museum in Lille, the curtain wall of the extension enters into dialogue with the neoclassical architecture of the old museum. At the hospital in Paris, where each of the three façades has specific characteristics, the building engages in varied exchanges with different contexts. At the Nanterre fire station, the polished stainless steel that figures inside and outside, and even under the access porches, transfers towards the exterior the

lointain. L'analyse précise de ces deux données prend une importance particulière dans le travail d'Ibos et Vitart puisque, comme on l'a vu avec le Palais des beaux-arts de Lille, c'est en s'appuyant sur la réalité du projet, son fonctionnement et son rapport avec le contexte, qu'ils vont révéler le potentiel de fiction du projet. C'est en faisant migrer en façade les mouvements intérieurs, en y faisant surgir des petits ou grands événements (une porte qui s'ouvre créant un appel de lumière, un tableau que l'on déplace), que la réalité va se trouver transformée, mise en question, que la façade va apparaître comme un tableau vivant. Sans pour autant que cette articulation fine fonction-contexte ne vienne contredire les impératifs, que l'on pourrait qualifier de canoniques, de la discipline : bon fonctionnement, solidité et pérennité. Pour Ibos-Vitart, c'est en effet la première exigence de tout bâtiment : il doit d'abord bien fonctionner. Et cette qualité s'exprime par des plans simples. Quels que soient le programme, sa complexité, leurs plans sont effectivement d'une remarquable évidence, celui de la Bibliothèque du Luxembourg apparaissant à cet égard archétypique. Et l'habileté des architectes leur permet de maintenir cette simplicité, alors même que leur intention de renvoyer vers l'extérieur la vie interne du bâtiment les conduit à privilégier un schéma fonctionnel particulier, consistant à placer les circulations en façade. Comme au Palais des beaux-arts de Lille, à la Maison des adolescents à Paris ou encore à Rennes pour les Archives départementales. Ces choix naissent

movements of the fire engines and at the same time relays images of external movements back into the precinct. Similarly, the Emalit glass and polished aluminium under-sides that will wrap their Seine-side apartment block at Boulogne-Billancourt will set up dialogue with the river, bringing it inside living space. But context does not mean just the approaches. For the road works services centre at Porte Pouchet in Paris, the reflecting under-side of a terrace establishes visual exchange between the busy boulevard and the playground located in the rear of the building. In a contrary movement, the Departmental Archives building at Rennes gives us a very different example of the role played by context in Ibos and Vitart project. Where the surrounds are insignificant or too diffuse, it is impossible to create relationships of proximity. No context, no exchange. This is why the design at Rennes is in part self-centred. The Archives building turns its back on the stretch of green axe (which is too wide) that has commanded the development of the new neighbourhood, offering to it nothing more than a black metal-clad elevation. On the other side, which faces the lively disorder of the city, the vertical shaft of the storage wing forms

aussi de l'analyse du site, qui permet de mettre en cohérence schéma fonctionnel et morphologie du terrain. La Maison des adolescents à Paris en est un exemple parfait : en étirant l'édifice sur toute la longueur de l'étroit terrain, Ibos et Vitart allongent simultanément les circulations placées en façade nord sur le boulevard de l'Hôpital. On notera également que cet amincissement de l'édifice fait ainsi surgir jusque sur cette façade nord des éclats de lumière frappant la façade sud. L'insertion du bâtiment est cruciale car c'est elle qui ouvre les rapports avec le contexte. Et pour Ibos et Vitart, le contexte n'est pas un simple extérieur, un environnement neutre avec lequel le bâtiment entretiendrait une relation plus ou moins lâche, à distance. Il participe pleinement au dispositif sensible. Ibos et Vitart sont parmi les rares architectes à faire réellement travailler leurs projets avec l'existant. Et la façade est d'autant plus importante qu'elle est le lieu où se joue cette relation. C'est une dimension du projet particulièrement contrôlée. À Lille, c'est le mur-rideau de l'extension qui établit cet échange surprenant avec l'architecture néoclassique du musée. À la Maison des adolescents à Paris, chacune des trois façades possédant des caractéristiques particulières, le bâtiment développe des échanges variés avec ses différents contextes. À la caserne des pompiers à Nanterre, la tôle en inox poli, largement utilisée tant à l'extérieur qu'à l'intérieur de l'enceinte et jusque sous les porches d'accès, capte

a huge billboard that proclaims the building's function in huge letters. Inside the building other exchanges take place. Under the glass roof of the reading room, researchers can follow the movements of the attendants who fetch the documents for consultation from the reserves. Around the interior patios, the mirror effects of perfectly aligned façades multiply perspectives, extend depths and inflect the perception of volumes. This example gives us an opportunity to emphasize another little-known aspect of projects by Ibos and Vitart: their urban dimension. This is a quality that shows their consummate skill in analysing sites. Whether the intervention be in the heart of an historic centre, in a peripheral area of the city, or on a former industrial site, we are bound to acknowledge the appropriateness of the solution that is chosen. Commenting on the works of the Swiss architect Roger Diener, whose projects he admires, the architect and historian of town planning Vittorio Magnago Lampugnani was sressing that 'in its dimensions, positioning, overall volumes, and architectural composition, a single building by its mere presence may change a traffic space into an urban space, a diffuse periphery into a genuine part of a city'.[4] A remark that apply to Ibos and Vitart interventions. Liane Lefaivre and Alexander Tzonis have shown

à la fois les manœuvres des pompiers dans la cour et la circulation sur le boulevard. Le verre Emalit et les sous-faces en aluminium poli qui envelopperont les appartements en bord de Seine à Boulogne-Billancourt créeront un dialogue avec le fleuve jusqu'à l'intérieur des appartements. Et pour les architectes, le contexte ne se limite pas à la proximité immédiate. Exemple, le projet de Centre de services de la voirie à la porte Pouchet à Paris : la sous-face réfléchissante d'une terrasse permettait de mettre en relation visuelle l'animation du boulevard et celle se déroulant sur le terrain de sport situé en arrière du bâtiment. Les Archives départementales de Rennes fournissent un exemple *a contrario* du rôle du contexte. Lorsqu'il est inexistant ou trop distendu, il rend impossible la création de ces rapports de proximité. Pas de contexte, pas d'échange possible. Le projet s'enferme alors sur lui-même. À Rennes, les Archives tournent le dos à l'axe vert, trop large, qui organise le développement du nouveau quartier, ne lui offrant que la façade noire de son bardage métallique. De l'autre côté, face au désordre urbain, la verticale de l'aile de stockage des archives forme un immense *billboard* qui affiche en lettres géantes la destination de l'équipement. C'est à l'intérieur de celui-ci que se jouent les différents échanges. Depuis la salle de lecture que couvre une grande verrière, les chercheurs peuvent suivre les mouvements

how in Lille and in Paris, they have created new public spaces ^(cf. p. 030). But also worth to be noted is their ability to articulate the concerns of a project to the urban logic of a specific place. In Paris, the curving façade of their hospital extension, while inflecting to create a small garden, inscribes itself in the grand urban scale of the boulevard that it fronts. In Strasbourg, the insertion of their library on a canal-side site revives the memory of the river port and its activity. But if the massive volumes of the library recall the economic logic of the once powerful dock-side, the spider-web delicacy of its huge façades introduces subtle interplay with the mirror surface of the canal. Another example of the use of context and intelligent site insertion is to be seen at their School of architecture on the eastern edge of Paris, which engages in

des manutentionnaires allant chercher les documents demandés dans les réserves. Les effets de miroir des façades parfaitement dressées des patios intérieurs multiplient les perspectives, étendent les profondeurs, perturbent la perception des volumes. Ici, on voudrait insister sur un des aspects peu souvent évoqués des projets d'Ibos et Vitart : leur dimension urbaine. Celle-ci témoigne d'une indéniable finesse d'analyse des sites. Qu'il s'agisse d'interventions au cœur des tissus historiques, à la périphérie des villes ou sur d'anciens sites industriels, on est étonné à chaque fois par la justesse de la solution adoptée. Étudiant les réalisations de l'architecte suisse Roger Diener dont il admire les projets, l'architecte et historien de l'urbanisme Vittorio Magnago Lampugnani faisait remarquer que « par ses dimensions, son orientation, sa volumétrie et sa composition architecturale, un immeuble peut convertir par sa seule présence un espace de circulation en espace urbain, une périphérie diffuse en véritable morceau de ville[4]. » La remarque peut s'appliquer aux interventions d'Ibos et Vitart. Liane Lefaivre et Alexander Tzonis montrent bien comment, à Lille ou à Paris, les architectes ont su développer des espaces publics nouveaux ^(cf. p. 030). Mais on notera également leur habileté à articuler les nécessités du projet avec la logique urbaine d'un lieu. À Paris, la longue façade de la Maison des adolescents, tout en s'infléchissant pour créer un étroit jardin protégé, s'inscrit dans la grande échelle urbaine du boulevard qu'elle borde. À Strasbourg, l'implantation de la Bibliothèque dans les traces de l'ancien site portuaire de bord de canal ravive la mémoire du site. Mais si la volumétrie massive du bâtiment renvoie à la puissante logique économique de l'ancien port fluvial, la délicatesse arachnéenne des immenses façades à clins introduit un jeu subtil avec le miroitement de l'eau du canal. On pourrait encore

dialogue with the distant suburbs to the east, with the nearby Seine, and with the refurbished vestiges of the old compressed air plant on site. We can only regret that their project for the Ateliers Hermès in Pantin was not built. Its precise insertion of a few crystalline additions might have turned a lacklustre industrial site into a vertical mini-city rising from a sunken but fully glazed atrium. Apart from the surprise effect of high angle views of a miniature Manhattan from the atrium floor up through its glass roof, the project might have set a good example for the redeveloping of old sites, which should not see their history effaced but rather carried forward. As we have seen, Ibos and Vitart have not built a great deal. But this only makes the study of their built projects all the more interesting. Indeed, they tell us a lot about the importance of construction in the work of these architects. And they also give us pointers for understanding the dedication of Ibos et Vitart to consider architecture as an art of duration. There is no need to insist on the fact that Ibos and Vitart know how to build. Not many constructions stand up to scrutiny as well as theirs do. They can be looked at from any angle, but perhaps their seams and edges tell us the most. The hospital addition in Paris is an excellent example of their masterful resolution of smooth façades, faceted and convex surfaces. At the Departmental Archives in Rennes, we see a building that uses concrete poured on-site

souligner la pertinence de l'implantation de l'école d'architecture à Paris, organisant un double rapport : lointain avec la banlieue Est, proche avec la Seine et l'ancienne usine. On ne peut aussi que regretter que le projet pour les ateliers Hermès à Pantin, près de Paris, n'ait pas abouti. L'insertion précise de quelques adjonctions cristallines aurait transformé un site industriel ingrat en une mini-cité verticale émergeant d'un atrium enterré et entièrement vitré. Outre l'effet de surprise des vues en contre-plongée offertes sur ce petit Manhattan à partir de l'atrium, c'eût été un bel exemple de la manière dont on peut intervenir sur ces territoires en mutation, non pour nier leur histoire mais au contraire pour la poursuivre. Ibos et Vitart, on l'a souligné, ont encore peu construit. Il est d'autant plus intéressant d'observer ceux des projets qui ont franchi l'étape de la réalisation. Ils disent beaucoup sur l'importance de la construction dans le travail des architectes. Surtout, ils témoignent de la détermination d'Ibos et Vitart à penser l'architecture comme un art de la durée. Point n'est besoin d'insister, tant cela est évident : Ibos et Vitart savent construire. Peu de réalisations supportent, comme les leurs, un regard rapproché. On peut les observer sous tous les angles, et surtout

achieve the same precision as a curtain wall. People are in the habit of saying that Ibos and Vitart are obsessed by precision, that detail is their religion. But without precision and detail, what would the arrangements they design be? At Lille, it is only by close attention to each element of the façade on the extension that a reverse-telescopic image effect of the entire museum of Fine Arts is achieved. At Rennes, without the precision of the façade structure, the play on perspective would be impossible. It would be just as misleading to say that their architecture is delicate, if not fragile. On the contrary, their constructions look solid and so they are: they have depth and presence. Clearly, they are built to last. At the Nanterre fire station, the stainless steel envelope is welded into place. It is not cladding, it is a carapace that imposes its strength on a site undergoing redevelopment. In Paris, the long wave-like façade of the hospital, with its green filters reinforcing its density, establishes calm force on the boulevard. Just as in Strasbourg the infinite faceted elevations of the André Malraux mediathèque impose their presence beside the canal. Perhaps the most surprising paradox to be seen in buildings by Ibos and Vitart is that while they are designed down to the nearest millimetre to render perceptible what is ephemeral—the movement of a person along a corridor, a gleam of light on a door as it opens, the

sur les angles, serait-on tenté de préciser. Voir dans cette perspective avec quelle maestria ils font se rencontrer à la Maison des adolescents à Paris des façades lisses, à clins ou bombées. À Rennes, on peut se rendre compte qu'il est possible de construire en béton coulé en place et obtenir la même précision qu'une façade-rideau. On dit d'Ibos et Vitart qu'ils sont obsédés par la précision, qu'ils ont la religion du détail. Mais sans la précision, sans le détail, que deviendraient les dispositifs qu'ils imaginent ? À Lille, sans l'attention portée à chaque élément de la façade de l'extension, impossible d'obtenir cette mise en abîme du Palais des beaux-arts. Aux Archives de Rennes, sans la précision de la structure et des façades, impossible de produire ce jeu sur la perspective. On se tromperait en imaginant une architecture délicate, voire fragile. C'est tout l'inverse : leurs constructions apparaissent solides, ont de l'épaisseur, de la présence. On voit que l'on a pris en compte le temps. À Nanterre, l'enveloppe en acier inox poli de la caserne des pompiers est soudée. Ce n'est plus un bardage, c'est une carapace qui impose sa puissance dans un site en développement. À Paris, la longue façade de la Maison des adolescents avec ses grands filtres verts qui renforcent sa densité, installe son autorité tranquille le long du boulevard de l'Hôpital. À Strasbourg, les immenses façades

reflexions of a fire engine as it passes in front of a stainless steel wall—they are calibrated just as surely to resist time and to endure. Very few of their design choices that transcend the simple reality of the project are not also part of its long-term existence: regular plans that facilitate conversion to new uses, simple forms that will not go out of date, smooth materials that resist weathering, and a precise insertion in the urban fabric that opens up new relations with context. Ibos and Vitart do not build monuments but 'civil' edifices: structures that place themseves firmly but without violence in their surroundings, buildings which show that, from global concept to minute detail, the architects 'get to the bottom of things', to keep their words.

à clins de la médiathèque André-Malraux imposent leur présence au bord du canal. Ce n'est pas le moindre des paradoxes des réalisations d'Ibos et Vitart : conçues au millimètre près pour rendre perceptible l'éphémère – le déplacement d'une personne le long d'un couloir, le bref éclat de la lumière sur une porte qui s'ouvre, les vibrations provoquées par un camion de pompiers sur une paroi en acier inoxydable –, elles sont calibrées pour résister au temps, s'installer dans la durée. Peu de décisions ou de choix dictés par les intentions de transcender la simple réalité du projet qui ne participent également à sa pérennité : plans réguliers donc facilitant de nouveaux usages, formes simples donc intemporelles, matériaux lisses donnant peu de prise au temps, insertion urbaine précise instituant de nouvelles relations avec le contexte. Ibos et Vitart ne construisent pas des monuments mais des édifices que l'on qualifiera de « civils » : des bâtiments qui s'installent avec autorité mais sans violence dans un site et dont chaque détail témoigne qu'on est allé « au fond des choses », pour reprendre une expression qui leur est familière.

1 Roland Barthes, *Mythologies*, Paris, éditions du Seuil, 1957.

2 Peter Zumthor, « A way of looking at things », in *Thinking Architecture*, Lars Müller, 1998

3 Andrea Branzi in Odile Fillion, *La Ville, six interviews d'architectes*, Paris, centre Pompidou, 1994

4 Vittorio Magnago Lampugnani, « Diener et Diener, regards sur la ville », *AMC* n° 89, mai 1998.

THE SEARCH OF A NEW PUBLIC SPACE
LA RECHERCHE D'UN NOUVEL ESPACE PUBLIC

Liane Lefaivre, Alexander Tzonis

The first architectural projects by Jean-Marc Ibos and Myrto Vitart appeared at the end of the 1980s while they were associated with Jean Nouvel. They were highly original and they stood in great contrast to the predominant trend of the times, post-modernism. Post-modernism had emerged as a major leading architectural movement during the 1970s. It claimed to be redeeming the damage done to the quality of the environment by the numerous grim, brutal, uncivil, and inhuman buildings constructed in the name of modernity and Modern Architecture after WWII. To repair the disruption done by modern architects during this period, post modernists promised in their writings to build buildings that would be sensual, that would allow for color, ornament, and historical references, that would be courteous to their neighbours, welcoming bygone styles, and even past ways of life. However, by the middle of the 1980s, it was evident that post-modernist architects were not delivering in practice what they promised in their theory and in their very seductive drawings. Their buildings were superficially "cultured", pseudo-historical, frivolously humanized by applying sherbet and baby-blue paint, and in most cases degrading to their surrounding environment, as had been the case with the the majority of post war modern building. In addition, by and large, post-modernists ignored the development of the new functional, technological, social, and cultural realities of

Les premières réalisations de Jean-Marc Ibos et Myrto Vitart datent de la fin des années 1980 alors qu'ils travaillaient avec Jean Nouvel. Des projets très originaux et en fort contraste avec la tendance dominante de l'époque : le postmodernisme. Le postmodernisme émergea comme mouvement architectural majeur dans les années 1970. Il entendait racheter les dommages causés à l'environnement par nombre de bâtiments sinistres, brutaux, incivils et inhumains construits après la Seconde Guerre mondiale au nom de la modernité et de l'architecture moderne. Pour réparer les désordres ainsi provoqués, les architectes postmodernes promirent dans leurs écrits de construire des bâtiments qui seraient sensuels, autoriseraient la couleur, l'ornement et les références historiques, seraient courtois avec leurs voisins, accueillants envers les styles anciens et même les styles de vie du passé. Pourtant, dès le milieu des années 1980, il fut évident que les architectes postmodernes n'accompliraient pas, dans la pratique, ce qu'ils avaient promis en théorie et dans leurs très séduisants dessins. Leurs bâtiments étaient superficiellement « cultivés », pseudo-historiques, humanisés de manière frivole par l'application de peinture acidulée ou couleur layette. Dans la plupart des cas, ils dégradaient leur

the end of the twentieth century. Given the large number of seriously failing post-modernist buildings, a younger generation reacted critically both in the US and in Europe, around the beginning of the 1980s. The early projects by Jean-Marc Ibos and Myrto Vitart were part of this reaction. Their first major work, the Onyx cultural center at Saint-Herblain (1987–88) is a cultural center that includes a theater with 600 seats as well as other spaces exhibitions and conventions. They were asked to embed their building in the middle of a site unlikely for a cultural center, half of which is a gigantic sort of *film noir* asphalt Sahara Desert of a parking lot, the other half an empty space that promises it will become one day a luxuriant green earthly paradise choked with vegetation. There is no immediate surrounding urban or landscape landmark to refer to or to be in dialogue with, only a small number of introvert utilitarian structures: a massive factory, a supermarket, and warehouses some distance away. A post-modern designer would have approached such a setting by introducing scenographic picturesque devices trying to mask the physical emptiness of the site, camouflaging the bleakness of the surrounding landscape. They would have tried to create false

environnement, tout comme la majorité des bâtiments d'après-guerre l'avaient fait dans le passé. De plus, en règle générale, les postmodernes ignorèrent le développement des nouvelles réalités fonctionnelles, technologiques, sociales et culturelles de la fin du xxe siècle. Au vu de ces échecs répétés, une génération plus jeune réagit de façon critique, à la fois aux USA et en Europe, vers le début des années 1980. Les premiers projets de Jean-Marc Ibos et Myrto Vitart firent partie de cette réaction. Leur première œuvre majeure, le centre culturel Onyx à Saint-Herblain (1987 – 1988) comprend un théâtre de 600 places, ainsi que des espaces d'exposition et de congrès. Il leur était demandé d'intégrer le projet dans un site improbable pour un équipement culturel : une moitié consistait en un gigantesque parking, une sorte de film noir, de Sahara d'asphalte ; l'autre moitié étant un espace vide dont on promettait qu'il deviendrait un jour un luxuriant paradis vert envahi par la végétation. Pas d'environnement urbain ou d'élément paysager remarquable auquel se référer ou avec lequel dialoguer, mais tout juste quelques structures utilitaires introverties : un grand magasin d'usine, un supermarché et des entrepôts à quelque distance de là. Un concepteur postmoderne eût pris en compte cet état des choses en introduisant des scénographies pittoresques afin de masquer le vide physique du site, de camoufler la désolation du paysage environnant. Il eût essayé

contexts to suppress the oppressive cultural nothingness of the area, and dress up the lonely cultural center with ornamental references to history to make the building appear as if it is a magical fairy-tale castle. Ibos and Vitart did none of the above. They adopted in their project for a bare semi-transparent prismatic volume leaving it stark naked without any indication of scale, any suggestion of place, and any sign signifying the intellectual functions taking place in the facility or advertizing the cultural identity of the work. Instead of trying to pretend they designed to correct what the location lacked, they took a Brechtian critical stance foregrounding the location's hardness, harshness, and privation. Was their rejection of the post-modernist recipes a return to modern architecture? Certainly it was a return to functional, technological architecture indifferent to fake pseudo-humanist accoutrements. However, their building did not carry any didactic doctrinaire "humanistic" messages as many modern buildings did. Neither did it express an aggressive-mechanistic, nihilistic attitude towards community and culture, as some of their contemporary young architect—such as Holt Hinshaw Pfau Jones—did in their West Coast projects. As Liane Lefaivre commented about the project, the result was a "dirty real" architecture, "making the

de créer de faux contextes pour effacer l'oppressant néant du lieu, et orné le solitaire centre culturel de références historiques pour le faire apparaître comme un château de conte de fées. Ibos et Vitart ne firent rien de cela. Ils adoptèrent pour leur projet un simple volume prismatique semi-transparent, le laissant totalement nu, sans aucune indication d'échelle, aucune suggestion de lieu, aucun signe exprimant les fonctions internes ou informant sur l'identité culturelle de l'édifice. Plutôt que de prétendre compléter ce qui manquait, ils prirent une position critique brechtienne mettant en avant la dureté, l'âpreté, la désolation des lieux. Leur rejet des recettes du postmodernisme signifiait-il pour autant un retour à l'architecture moderne ? Cela correspondait en tout cas certainement à un retour à une architecture fonctionnelle et technologique, indifférente aux faux accoutrements pseudo-humanistes. Leur bâtiment, cependant, ne véhiculait aucun message doctrinaire didactique de type « humaniste » comme le firent beaucoup de bâtiments modernes. Il n'exprimait pas plus une quelconque attitude nihiliste, agressive-mécaniste, vis-à-vis de la société et de la culture, propre à certains jeunes architectes contemporains – comme Holt Hinshaw Pfau Jones – perceptible dans leurs projets de la Côte ouest. Ainsi que Liane Lefaivre en fit le commentaire à l'époque, le résultat fut une architecture

stone stony", to use Victor Schklovsky's expression, inviting people to question of the future of civic culture and of civic place inside the "infernal kingdom" of our mass consumer society. Ten years later, in 1997, in very a different site-context and with considerable experience from their other projects, Jean-Marc Ibos and Myrto Vitart designed once more a public cultural building: an extension to the Palais des Beaux-Arts in Lille, the largest French museum outside of Paris combined with a radical revamping of the old building, the work of Edouard Bérard (1843–1912) and later Fernand Etienne-Charles Delmas (1852–1933). In contrast to the Onyx cultural center placed in an anonymous no man's land, the site of the museum of Lille is situated in the heart of the highly urban city of Lille—a city with a thousand year of history—facing the *préfecture*, a public building. In addition, the Bérard/Delmas existing museum, a structure that dominates the site while not one of the greatest public buildings of French architecture, is still a work with strong historical, cultural, and stylistic identity of its time. The Ibos and Vitart project consisted of three parts, the new added block, an underground link between the

« salement réelle » rendant « la pierre pierreuse », selon l'expression de Victor Schklowsky, invitant les gens à questionner le devenir de la culture et de l'espace civique dans le « royaume infernal » de notre société de consommation de masse. Dix ans plus tard, en 1997, dans un site et un contexte très différents, et forts de leur considérable expérience sur d'autres projets, Jean-Marc Ibos et Myrto Vitart conçurent à nouveau un bâtiment public culturel : l'extension du Palais des beaux-arts de Lille, le plus grand musée français hors de Paris, associée à une radicale rénovation de l'ancien bâtiment, l'œuvre d'Edouard Bérard (1843–1912) et de Fernand Etienne-Charles Delmas (1852–1933). En contraste avec le centre culturel Onyx implanté dans un no man's land anonyme, le site du musée se trouve au cœur de Lille – ville hautement urbaine à l'histoire millénaire – faisant face à la préfecture, autre édifice public. Le musée de Bérard/Delmas, imposante structure sur le site, s'il n'est certes pas des plus beaux bâtiments publics de France, n'en est pas moins une œuvre à la forte identité historique, culturelle et stylistique, représentative à ce titre de son époque. Le projet de Ibos et Vitart s'est développé en trois parties : une construction neuve, une liaison en sous-sol entre l'ancien et le nouveau bâtiment, puis l'ancien bâtiment lui-même, qu'il s'agissait de rénover. Poursuivant les principes architecturaux développés antérieurement, Ibos et Vitart donnèrent au nouveau bâtiment la forme d'un strict prisme orthogonal, l'enveloppant d'une peau de verre

added block and the old building they were asked to revamp. Following the architectural principles established in their earlier work, Ibos and Vitart gave to the new block an orthogonal prismatic stern configuration wrapping it with a sophisticated technological glass skin, plain without undulations or adornments. As with the scheme of the Onyx Cultural Center, Ibos and Vitart did not allow for signs or announcement boards to be attached to the structure. But unlike the Onyx, the architects of the new museum of Lille made every effort to engage their project with the architectural context of the site and set up their intervention in admirable harmony with the older museum building. While ignoring the "Belle Époque" ornamental frivolities in the Bérard and Delmas building they tried to construct their new building in harmony with the spatial organization of the old, as defined by the French classical skeletal *ordonnance*. Like the Bérard and Delmas project, they organized the interior space of the added block according to spatial principles going at least as far back as the rules of *distribution* of Augustin-Charles D'Aviler. As for the façade, in opposition to the black glass skin of the Onyx,— recalling the silent attendants of the No Theater garbed in black garments—the seamless glass skin employed to the new block of the Lille Museum, speaks and acts but in a very modern way. In addition to exercising light thermal and glare control, the glass envelop has special reflection qualities duplicating in a most exact one to one correspondence

sophistiquée mais simple en apparence, sans ondulations ni ornements. Comme précédemment, Ibos et Vitart ne permirent pas que des signes ou des informations soient apposés sur l'édifice. Mais à la différence d'Onyx, les architectes du musée de Lille s'efforcèrent d'articuler leur projet avec le contexte architectural du site et organisèrent leur intervention dans une admirable harmonie avec le bâtiment existant. Tout en ignorant les frivolités ornementales Belle Epoque du bâtiment de Bérard et Delmas, ils s'efforcèrent de construire le nouvel édifice en harmonie avec l'organisation spatiale de l'ancien, telle que définie par le schéma d'ordonnance classique français. Comme Bérard et Delmas, ils organisèrent l'extension selon des principes spatiaux remontant au moins aux règles de distribution d'Augustin-Charles d'Aviler. En ce qui concerne les façades, à la différence de la peau de l'Onyx – rappelant les gardiens silencieux du théâtre No tout de noir vêtus –, celle en verre lisse employée pour le nouveau bâtiment du musée de Lille parle et agit, mais encore de manière très moderne. Tout en assurant le contrôle de la luminosité, l'enveloppe de verre, par ses qualités spéciales de réflexion permet

the Bérard/Delmas façade. The result is the generation of a civic place in the long tradition of European monumental public spaces flanked by two symmetrical public structures. The effect however, is not a nostalgic historicist pastiche because the symmetry resulted by pairing a real with a virtual building. Once more one can remark that Ibos and Vitart employed a Brechtian method of representation, *defamiliarization*, on one hand recalling the traditional, "familiar" conventions of formal monumentality, on the other by inviting, as in the case of the Onyx project, a *critical* stance of reflection on the values of the civic place, monumentality, and heritage today. Thus, while keeping alive these precious values, —cultivated in Europe and especially France throughout the nineteenth century era of "creative destruction"—the project warns that a regressive return to the security of bygone cultural and social formations was no more possible. Something else had to take their place. In the Maison des Adolescents, part of the Cochin Hospital, in Paris (2004), Ibos and Vitart elaborate further what a public building and a civic place can be in our time. The program of the building is much more complex

d'obtenir une réplique de la façade de Bérard et Delmas dans la plus stricte correspondance géométrique. Le résultat est la genèse d'un espace civique dans la longue tradition européenne d'espaces publics monumentaux encadrés par deux édifices publics symétriques. L'effet n'est cependant pas celui d'un nostalgique pastiche historiciste du fait que la symétrie résulte de l'association d'un bâtiment réel avec un bâtiment virtuel. Une fois de plus, on peut remarquer que Ibos et Vitart emploient là un mode de représentation brechtien, la *défamiliarisation*, faisant appel d'une part aux traditionnelles et « familières » conventions de la monumentalité formelle et invitant, d'autre part, comme dans le cas du projet Onyx, à une position *critique* sur les questions de l'espace public, de la monumentalité et du patrimoine légué. Tout en gardant vivaces ces précieuses valeurs – cultivées en Europe et particulièrement en France durant tout le XIXe siècle, période de « destruction créative » –, le projet met en garde contre un retour régressif à de sécurisantes dispositions culturelles et sociales d'un autre temps auxquelles il n'est plus envisageable d'adhérer. Quelque chose d'autre se devait de les remplacer. Le projet Maison des adolescents à l'hôpital Cochin à Paris (2004) est pour les architectes l'occasion de poursuivre l'exploration de ce que peuvent être aujourd'hui un édifice public et un espace civique. Le programme est plus complexe que celui des deux projets dont nous avons discuté : un équipement hospitalier

than the two projects we discussed above, a special hospital whose mission is to bring back to health young people suffering from physical as well as social and psychological damage. Thus, the project is addressing, in addition the question of normal/abnormal in our modern culture, the issue of individual identity and community participation in our contemporary modern urban environment. As in the cases of Onyx and the Lille new museum, the architects of the Maison des Adolescents avoided the architectural rhetoric of persuasion through ornamental or volumetric gesticulations of "urbanity". It also stayed away from the "deconstructive" responses to the traditional, *bourgeois*, urban tissue as put across by Frank Gehry in the, otherwise masterful as an autonomous formal statement, "Dancing House" in Prague. Once more, Ibos and Vitart adopted for their project a plain volume and covered it with a simple skin. Volume and skin, however, were designed differently to adapt to the complex program of a modern urban hospital and the requirements of a demanding urban site, part the old Port-Royal Abbey complex. Thus the scheme is not a pure detached prism as it was in the Onyx and the Lille new museum. A dominant characteristic of the Maison des Adolescents scheme is the way it is set back to allow for an in-between planted area

particulier, dont la mission consiste à soigner des adolescents souffrant de blessures physiques aussi bien que sociales et psychologiques. De ce fait, le projet pose également la question de la normalité/anormalité dans notre culture moderne et celles de l'identité individuelle et de la participation communautaire dans notre environnement urbain contemporain. Comme pour le centre Onyx et le nouveau musée de Lille, les architectes de la Maison des adolescents ont évité la rhétorique architecturale de la persuasion par les gesticulations ornementales ou volumétriques rattachées à l'« urbanité ». Ils se sont également tenus écartés des solutions « déconstructivistes » apportées au tissu urbain traditionnel « bourgeois » telles que mises en avant par Frank Gehry dans la Dancing House à Prague par ailleurs bien maîtrisée en tant qu'objet formel autonome. Pour ce projet, à nouveau, ils ont eu recours à un volume régulier recouvert d'une simple peau. Volume et peau, cependant, ont fait l'objet d'une conception différente afin de permettre leur adaptation au programme complexe d'un hôpital urbain moderne et aux nécessités d'un site astreignant, partie de l'ancien domaine de l'abbaye de Port-Royal. De ce fait, le schéma ne se réduit pas à un pur prisme autonome comme pour les précédents projets. La caractéristique dominante de la Maison des adolescents est la manière dont elle se recule pour permettre

at the reception point looking on Faubourg-Saint-Jacques. The resulting configuration is not just a "picturesque" scheme. It is a most sensitive non-monumental, informal acknowledgement by the building of the public realm offering the same time an interstitial—between city and building—transition to the institutional realm. It indicates the separation of the patients from the public but not their separation from the urban community. Similarly, Ibos and Vitart use the glass wall of the skin of the building, the glass louvers, and the branches and leaves of the surrounding trees as filtering layers working in synergy to generate the feeling of privacy without isolation, control with sheltered freedom that the patients might not be able to find in their own everyday urban environment. While seemingly loose and informal, the interior divisions of the Maison des Adolescents still reveal traces of the traditional *distribution* of French architecture in negotiating—in a proscriptive rather than prescriptive way—the possible contradictions and conflicts between activities and people without imposing a rigid disciplinarian order that characterized the institutional buildings of the past. The three milestone projects we discussed above present a characteristic and rich architectural thinking process in time and an architectural typological

un entre-deux planté au droit de l'accueil qui fait face au boulevard. La configuration résultante n'est pas un simple dispositif pittoresque. C'est une forme de reconnaissance informelle de l'espace public par le bâtiment, la plus sensible et non monumentale qui soit, offrant dans le même temps un espace interstitiel – entre la ville et l'édifice – de transition vers l'espace institutionnel. Elle marque la séparation du patient par rapport au public, mais non pas son isolement vis-à-vis de la communauté urbaine. De la même façon, Ibos-Vitart utilisent la peau de verre du bâtiment, les lamelles de verre réfléchissantes à clins, les feuillages des arbres alentour comme autant de filtres qui s'associent pour générer un sentiment d'intimité, sans pour autant isoler, offrant aux patients à la fois la protection et la liberté qu'ils n'auraient pu trouver dans leur propre environnement urbain quotidien. Tout en semblant libres et informelles, les partitions internes de la Maison des adolescents gardent la trace d'une distribution traditionnelle à la française dans la façon de négocier, par incitation plutôt que par obligation, les possibles contradictions et conflits entre les activités et les gens ; et ce, sans imposer l'ordre disciplinaire rigide qui caractérise les bâtiments institutionnels du passé. Les trois projets de référence dont nous avons discuté font état d'un riche et singulier processus de pensée architecturale. Ils définissent

spectrum: first, the sublime-defensive world of the Onyx, where the idea of public place and community is under trial; second, the virtual-monumental, equivocal illusory-real civic space of the Lille museum, where traditional reductive monumentality as a mechanism to sustain memory and community, is challenged while at the same time the idea of civic place is critically reinstated; and finally, the gracious minimal therapeutic niche of the Maison des Adolescents, emerges as a most fascinating prototype for a private-public facility serving an inclusive contemporary metropolitan urban community. Looking at the most recent trends of blob-and-whatever-shape-"meta-ball" architecture—to be found in the West from Graz to Birmingham, and Mississagua Canada and in the East from Ordos in Mongolia, to Abu Dhabi and Dubai in the Gulf, and to Chengdu and Guangzhou in China—that corresponds to the current need for quick, exhibitionist, and ephemeral "branding", one appreciates the so different architecture pursued by Ibos and Vitart for a lasting, meaningful and human environment, an approach which one may call Cartesian, for a civil architecture for times—like Descartes'—of upheaval, intolerance, uprooting and uprootlessness.

dans le même temps un spectre typologique spécifique. Tout d'abord, le sublime monde défensif de l'Onyx qui met à l'épreuve l'idée d'espace public et de vie collective. Ensuite, l'espace civique du musée de Lille, à la fois virtuel et monumental, illusionniste et réel, où la réductrice monumentalité traditionnelle, comme mécanique de préservation de la mémoire et du sens de la communauté, est mise au défi, tandis que la notion d'espace civique est réintégrée de façon critique. Enfin, le gracieux et minimaliste écrin thérapeutique de la Maison des adolescents, qui émerge comme le plus fascinant prototype d'équipement public/privé au service d'une communauté métropolitaine contemporaine élargie. Si l'on regarde les plus récentes tendances de *blob* et autres formes de *metaball* architectures que l'on retrouve à l'Ouest, de Graz à Birmingham, en passant par Mississagua au Canada, comme à l'Est, de Ordos, en Mongolie, jusqu'à Abou Dhabi et Dubaï dans le Golfe et à Chengdu et Guangzhou en Chine, qui répondent à l'actuel besoin d'une rapide, exhibitionniste et éphémère reconnaissance, on ne peut qu'apprécier la si différente ligne architecturale poursuivie par Ibos et Vitart, visant à l'émergence d'un environnement durable, humain et signifiant ; une approche que l'on appellera cartésienne pour une architecture civile adaptée à des temps, comme ceux de Descartes, de bouleversements, d'intolérance et de déracinement.

AN ART OF PRECISION
UN ART DE LA PRÉCISION

Jean-Marc Ibos, Myrto Vitart

"Poetry is as precise a thing as geometry"
    « La poésie est une chose aussi précise que la géométrie. »
Gustave Flaubert

Some architecture undergoes materialisation without losing any of its power. It remains vibrant regardless of use, exists in its own right and transcends its function. This is the architecture that interests us. It is the kind of architecture that is strong enough to update itself on a permanent basis. It defies time by addressing the temporal and achieves self-renewal through its very ability to appropriate reality. Adhering to time requires both flexibility and lightness. There must be scope for events to occur, for situations to evolve. Time must not be set in stone. Space must not be saturated. In defining places, what is strictly necessary is already sufficient. Any more and it would be too heavy-handed. It is only through what is absolutely necessary that large-scale transmissions can take place, in terms of time but also space. There is no room here for the anecdotal, the superfluous. Abstraction is the ideal vector for relations. This should not be confused with minimalism. Abstraction is purely fundamental; it seeks to ensure that concepts coincide with the way in which they are expressed, by reducing expression

Certaines architectures franchissent le cap de la matérialisation sans perdre de leur pouvoir. Elles restent vivantes quel qu'en soit l'usage, existent en soi, transcendent la fonction. Ce sont ces architectures qui nous intéressent. Celles qui ont la force suffisante pour se réactualiser de façon permanente. Celles qui défient le temps en s'impliquant dans le temporel et trouvent les moyens de leur recyclage dans leur capacité même à s'approprier le réel. Adhérer au temps suppose une constitution à la fois souple et légère. Il faut permettre aux événements de prendre place, aux situations d'évoluer. Ne pas figer l'instant. Ne pas saturer l'espace. Dans la définition des lieux, le strict nécessaire est déjà suffisant. Au-delà, on alourdit inutilement le propos. C'est dans l'irréductible que se jouent les transmissions à la grande échelle, celles du temps, mais aussi celles de l'espace. L'anecdotique et le superflu n'y ont pas leur place. L'abstraction est le vecteur privilégié des relations. Ne pas confondre avec le minimalisme. L'abstraction est d'ordre purement essentiel ; elle tend à faire coïncider la pensée et son expression, en réduisant celle-ci aux seuls éléments conducteurs. La réduction, ici, n'est pas de l'ordre de la simplification mais de la condensation. La tendance que nous avons à n'utiliser que ce dont nous avons besoin, qui explique la simplicité

to the conductive elements alone. Here, reduction is not about simplifying but about condensing. Our tendency to use only what we need—which explains the simplicity of our projects—has led some to call us "minimalists". But that description, as it is usually understood, does not make much sense. Our work does not involve preconceived notions of this kind. Our approach should rather be appreciated in terms of relevance: the relevance of our response to the issue at hand; and of the efforts to achieve the aims that have been set. And the precision of how we adjust to target without exertion, almost naturally. As naturally as possible. Each part in its place, no more, no less. The perception of the fundamental relevance of a work is, in our view, a precondition of aesthetic pleasure. That relevance is constantly tested, at all levels of the project. Yet we are not the extremists we are said to be. At least we do not view ourselves as such. We could just about agree with being described as idealists, although the term might be a little strong. All we

de nos projets, conduit certains à nous nommer « minimalistes ». Mais cette dénomination, telle qu'elle s'entend habituellement, n'a pas grand sens. Notre travail ne procède pas de ce type d'a priori. Notre démarche s'apprécierait plutôt en termes de justesse. Justesse de la réponse à la question posée ; de l'effort déployé au regard des objectifs fixés. Et précision dans l'ajustement qui permet d'atteindre la cible sans forcer, presque naturellement. Le plus naturellement possible. Chaque rouage à sa place, ni plus ni moins. La perception de la pertinence fondamentale d'une œuvre est, pour nous, un préalable au plaisir esthétique. Cette pertinence, nous la mettons constamment à l'épreuve, à tous les niveaux du projet. Nous ne sommes pas, pour autant, les extrémistes que l'on dit. Du moins, nous ne nous considérons pas de la sorte. Peut-être tout juste idéalistes, si le mot n'est pas trop fort. Ce que nous revendiquons pour être en accord avec nous-mêmes, c'est la seule possibilité de porter nos projets jusqu'à leur plein accomplissement ; leur permettre, ce faisant, d'acquérir l'autonomie nécessaire à leur entrée dans le monde et à leur permanence.

UNE CONSTRUCTION MENTALE.
L'architecture est un art lent. Les fulgurances s'égarent au fil du temps et au gré des aléas si elles ne sont pas relayées par la pensée.
Pour nous, la conception des projets est une démarche mentale, essentiellement. Un travail qui relie les données autour de la problématique posée et finit par imposer l'idée à même d'y répondre avec la force de la nécessité. L'intention génère la règle autour

require, to fulfil our function while being true to ourselves, is the opportunity to see our projects through to completion, and thereby afford them the autonomy they need to enter the world and remain a permanent feature of it.

A MENTAL CONSTRUCTION.

Architecture is a slow art. Flashes of brilliance are eroded by time and the vagaries of life, unless they are conceptually passed on. In our view, drafting a project is, in essence, a mental process. It has to do with interconnecting all of the information on the issues at hand and eventually finding the idea that will resolve them as though it had always been the only possible solution. Intent generates the principle that will govern the whole project in terms of time and complexity. While the principle thus defined is not external to the project here—otherwise it would be called "style"—it does nevertheless precede its formalisation. It shapes the project but is itself shaped by the actual context of the project. For that reason, it is not automatically applicable. Only the method is. From the moment the ideas have been clarified, every part naturally slots into place. Everything complies with the underlying rationale; everything strives towards the same goal. The approach used to define the goals must be pushed to its limits and gradually become a basis for all

de laquelle s'organise le projet dans le temps et dans sa complexité. Si la règle ainsi définie n'est pas, ici, extérieure au projet – on appellerait cela un style – elle est, cependant, préalable à sa formalisation. Elle détermine le projet mais elle est, elle-même, déterminée par les circonstances du projet. Elle n'est, de ce fait, pas généralisable ; seule la méthode l'est. Dès lors que les idées sont claires, chaque élément prend sa place naturellement dans le dispositif. Tout se plie à la logique induite, tout concourt au même but. Cette pensée qui permet de définir les objectifs à atteindre, il faut la pousser jusque dans ses retranchements et y prendre progressivement appui. Loin de rigidifier le système, la rigueur dans la construction mentale du projet permet, sinon de s'affranchir des contingences, du moins de les tenir à distance en les subordonnant. Le contrôle des fondements est la condition paradoxale d'exercice de la liberté. Les constructions mentales ne font pas de place à l'arbitraire. Un angle vif et un angle arrondi, par exemple, ne signifient pas la même chose ; l'un permet de délimiter précisément un plan, quand l'autre induit des continuités. Selon le cas, l'un s'imposera et, de façon plus absolue, celui-là seul, nécessaire, sera compatible. Le travail, alors, ne se fait pas dans le doute mais dans la certitude. Jusque dans le détail, il s'agit, patiemment,

action. Far from making the system too rigid, the cogency of the mental process used in designing the project may not free it from constraints but will at least subordinate them and thereby keep them at a distance. Controlling the fundamentals is the paradoxical condition for exercising freedom. Mental constructions leave no room for the arbitrary. For instance, a sharp angle and a rounded angle do not mean the same thing; one delineates an area precisely, the other creates continuity. Depending on the case in hand, one will be the obvious solution and, in more absolute terms, it will be the only one suitable. And so the work moves forward, in a context of certainty rather than doubt. Right into the finest details, it is a matter of patiently making things fit in with the concept that underpins them. If any uncertainty persists at the development stage, it has less to do with doubt than with problem-solving. Over the long term, events may affect the project by slightly altering its course (like a boat steering for the best wind). Yet they will never destabilise it. The course has been set and the crew, deaf to the sirens' song, will not be distracted.

de faire coïncider les choses avec l'idée qui les porte. Si au stade du développement les incertitudes subsistent, elles ne relèvent plus du doute mais de la résolution. Les événements peuvent, sur le long cours, influer sur le projet en infléchissant sa trajectoire (à la manière dont un bateau va chercher le bon vent). Jamais, pour autant, ils ne le déstabilisent. Car le cap est fixé et les marins, sourds au chant des sirènes, ne se laissent pas distraire.

EFFICACITÉ.

Pas d'impasse, en architecture, sur la notion d'efficacité. L'intelligence des réponses aux attentes exprimées, la valeur ajoutée induite, l'adéquation, la justesse des propositions ; tout se jauge en termes d'efficacité, voire de performance. L'efficacité participe de la pertinence même d'une œuvre et en détermine, d'une certaine façon nécessairement, la valeur. Plus l'art est utilitaire, plus l'utilité, finalement, est mise à l'épreuve. Et l'on peine à trouver beau ce qui pourrait séduire au premier abord sans véritablement convaincre. Il faut alors actionner les bons leviers, inscrire l'action dans les dynamiques existantes pour en optimiser l'impact. Pas de superflu ni de gaspillage, pas de restrictions pour autant ; mais une juste évaluation des besoins, des désirs, de l'effort à produire. L'efficacité, dans le sens où nous l'entendons, est un principe. Si la beauté ne lui est pas réductible, elle ne lui est pour autant pas (forcément) étrangère. Au-delà du champ entendu et universellement partagé

EFFICIENCY.
Overlooking the notion of efficiency is out of the question in architecture. Finding smart solutions to meet expectations, generating added value, ensuring that proposals are suitable and relevant—everything will be judged in terms of efficiency or performance. Efficiency contributes to the very relevance of a work and—it could go without saying—determines its value. The more utilitarian art is, the more its utility is actually put to the test. And it is hard to find beauty in something that might initially be appealing but not genuinely convincing. The right controls must be triggered and the work integrated into existing dynamics to optimise its impact. Nothing superfluous, no wastage, yet no restrictions, just an accurate assessment of requirements, expectations and what it will take to bring the project into being. Efficiency—as we see it—is a principle. While beauty cannot be reduced to efficiency, it is not (necessarily) alien to it. Beyond what is generally and universally understood by "beauty", we are receptive to the way in which some of the simplest and sometimes most banal of things are transcended by their inner coherence alone, by the strength of the intelligence behind their making. This is just a matter of perspective. Genuine aesthetic satisfaction, in a broder way is a rare feeling stemming from the revelation, at a specific point in time, of a happy match between the complexity of something that exists—that "is"—and the simplicity with which it could in fact have been viewed.

du beau, nous sommes sensibles à la façon dont certaines choses, des plus simples et parfois des plus banales, sont transcendées par leur seule cohérence interne, par la force de l'intelligence qui préside à leur constitution. Simple question de point de vue. La satisfaction esthétique d'un point de vue plus large est un sentiment rare que provoque la révélation, à un moment donné, d'une correspondance heureuse entre ce qui existe – ce qui est – dans toute sa complexité et l'idée simple que l'on aurait pu, dans l'absolu, s'en faire.

CORRESPONDANCES.
La trame, le plan, la coupe. Les outils de fabrication du projet ancrent assurément nos réalisations dans la plus pure discipline architecturale. Nous revendiquons cette appartenance et en assumons les spécificités. D'autres disciplines, cependant, plus mobiles, plus réactives, agissent à la manière de révélateurs et ouvrent les perspectives. Il n'est pas toujours aisé de définir la part de ces influences car elles interfèrent assez naturellement dans le champ de l'architecture. Elles constituent un fond indistinct dans lequel on puise sans forcément

CONNECTIONS.

Framework, plan, cross-section: the tools we use for designing a project certainly establish our work as part of the purest discipline of architecture. We are proud of that and accept the specificities it entails. Other disciplines, however, which are more elastic, more responsive, act as developing agents and open up perspectives. It is not always easy to identify the extent to which they influence us as they infiltrate the field of architecture quite naturally. They form a grey area from which we draw inspiration without necessarily realising we do; although, at times, there is the intention to do so. At the Museum of Fine Arts in Lille [↗p.053], the collections go no further than the turn of the 20th century. We wanted the building's extension to restore a connection in time and space with the original museum, through the works of contemporary artist who would become part of the architectural project's dynamics. So Gaetano Pesce took on the entrance rotundas to enhance their monumentalism while Giulio Paolini developed an elliptical project in the atrium, resonating with the work on the extension. Both of them, in their own way, entered the spirit of the project with an ease and freedom that proved, if proof were needed, how flexible the borders are between theoretical disciplines. "Mathematics is the art of giving the same name to different things" said Henri Poincaré. Becoming aware of

y songer, même si, à l'occasion, l'intention peut se faire précise. Au Palais des beaux-arts de Lille [↗p.053], les collections s'arrêtent à l'aube du xxe siècle. Nous avons souhaité, lors de l'extension du bâtiment, retrouver un lien dans le temps et dans l'espace avec le musée d'origine, au travers d'œuvres d'artistes contemporains qui entreraient dans la dynamique du projet architectural. Gaetano Pesce a pris, alors, possession des rotondes des entrées pour en exacerber la monumentalité, tandis que Giulio Paolini a développé dans l'atrium un projet elliptique, en résonance avec le travail réalisé sur l'extension. Tous deux, par des biais différents, se sont inscrits dans la logique du projet avec une aisance et une liberté qui prouvent, si besoin est, la fluidité des frontières entre disciplines théoriques. « Faire des mathématiques, c'est donner le même nom à des choses différentes », disait Henri Poincaré. Prendre conscience de la réalité des relations qui existent, voire des correspondances qui peuvent s'établir entre des domaines parfois très différents est une expérience fondamentale. Arriver à réaliser ces rapprochements est une source majeure de satisfaction. La vision que l'on a du monde s'en trouve définitivement élargie. Une œuvre, cependant, est intrinsèquement liée à un (→p.083)

MUSEUM
OF FINE ARTS
PALAIS
DES
BEAUX-ARTS
LILLE

The Museum of Fine Arts in Lille is representative of a solemn architecture, based on mass, shade and light, majestic proportions and beautiful enfilades. Reduced by half, from the outset, the building suffered many an affront over time, leading to a general congestion of its inner space. The museum turned in on itself. The concept behind the project was to render a sense of normality to the building. Demolishing the extensions reinstated the various connections, depths and perspectives; the arcades were cleared. The museum is thus, literally, projected onto the exterior with, as a backdrop, a slender structure that reveals the scale of the original project, which was never realised. This newly gained visibility becomes a feature by making the façade of the extension the mark of the museum within the city. The backdrop consists in two vertical surfaces. The first, made of clear glass with mirror points and precisely centred on the geometry of the existing structures, returns an impressionistic image of the Museum of Fine Arts. The reflection here acts as the interface between old and new. The surface of the old museum is echoed in the image of this one. Slightly further back and parallel to the surface are gold-on-red monochromes; gold and red, in reference to the classical museum's collections. Between the vertical surfaces are the building's passageways. Visitors, as they move, become part of the composition. The edges of the supporting structure are bevelled like a frame; the structure is curved, its surface polished so that it melts away into the light. Transparency reveals the restoration workshop. As in the traditional approach, a representation of the work is included in the work itself. Here, the façade indicates the museum's function by embodying the idea of a painting. As a reference to the past, the still reflection of the main building into which the present is introduced via the movement of clouds reflected in the mirrors, characters moving within the frame or people inadvertently stepping into the field of the painting and going from being observers to being observed.

Le Palais des beaux-arts de Lille est représentatif d'une architecture solennelle faite de masse, d'ombres et de lumière, de volumes majestueux et de belles enfilades. Amputé de moitié lors de sa réalisation, le bâtiment a subi depuis de nombreux affronts conduisant à un encombrement généralisé de l'espace. Le musée s'est replié sur lui-même. L'objectif du projet a été de restituer au lieu sa normalité. Les correspondances, les profondeurs, les perspectives sont restaurées par démolition des adjonctions; les arcades libérées. Le musée est alors littéralement projeté sur l'extérieur avec, en fond de perspective, une mince construction qui donne à lire l'emprise du projet d'origine. De cette nouvelle visibilité il est tiré parti. La façade signifie désormais la fonction du musée en matérialisant l'idée du tableau. Le fond de perspective est constitué de deux plans verticaux. Un plan de verre clair, avec des points miroir, précisément cadré sur la géométrie des existants, renvoie l'image impressionniste du Palais des beaux-arts. Le reflet réalise ici l'interface entre l'ancien et le nouveau. Au relief du vieux palais répond l'image de ce relief… En retrait et au même aplomb, se situent les monochromes or sur fond rouge; l'or et le rouge, en référence aux collections classiques du musée. Dans l'intervalle entre les deux plans sont disposées les circulations. Les personnes, dans leurs déplacements, rentrent dans le champ de la composition. Les rives du bâti sont biaisées comme un cadre, la structure de la façade galbée, polie de façon à disparaître dans la lumière. L'atelier de restauration se lit dans la transparence. A la manière ancienne, on inclut dans l'œuvre la représentation de l'œuvre. Le reflet immobile du Palais des beaux-arts fait ici référence au passé tandis que le présent s'invite avec le mouvement des nuages captés dans les miroirs, les personnages évoluant à l'intérieur du cadre ou ceux qui, en rentrant de façon impromptue dans le champ du tableau, de regardeurs se trouvent regardés.

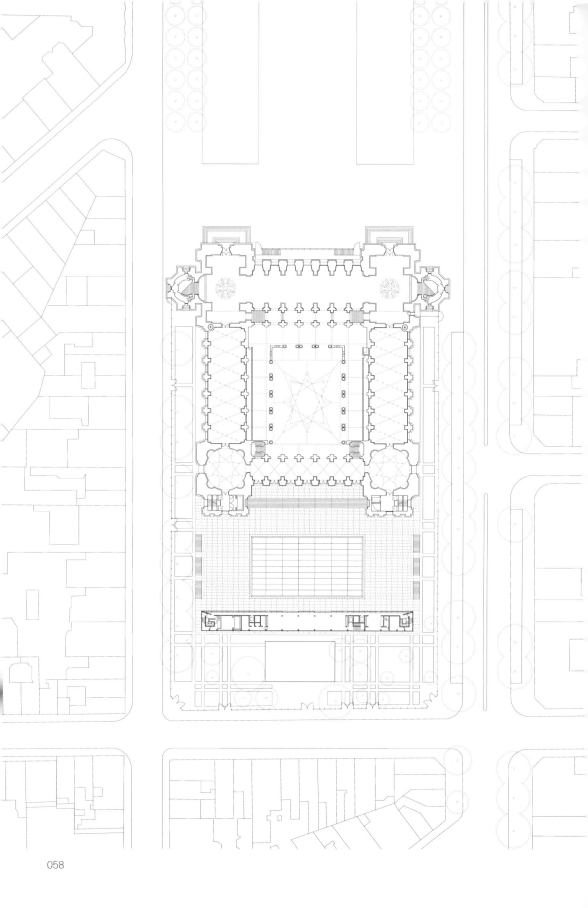

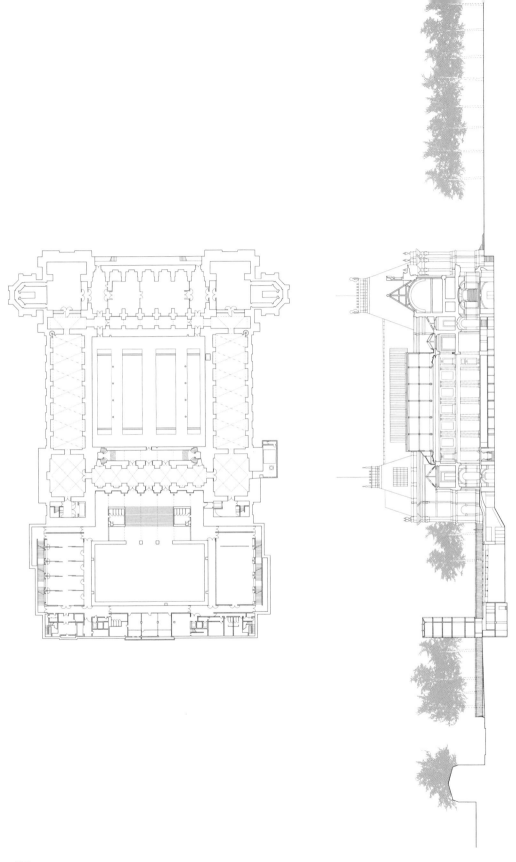

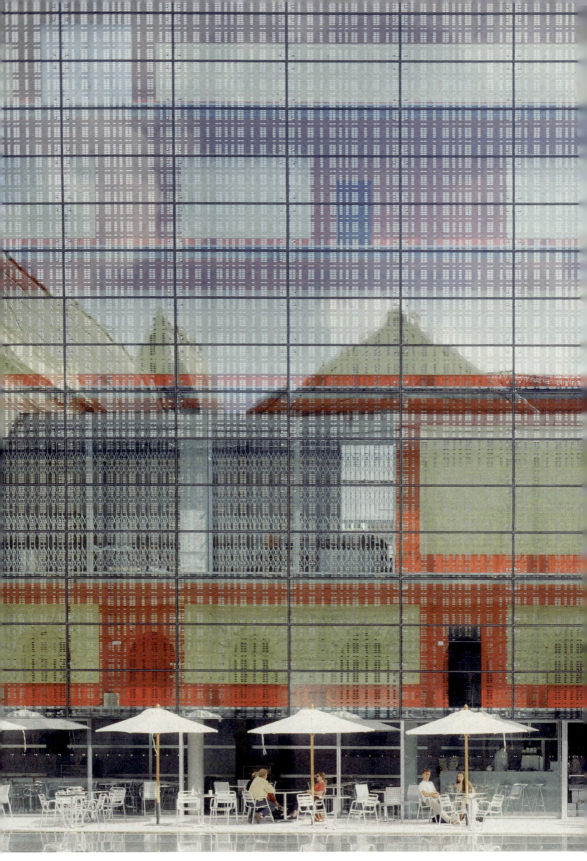

the very real relations to be found, or the connections that may arise, between what may be very different fields is a fundamental experience. Managing to make those connections is a major source of satisfaction. It permanently broadens one's vision of the world. Any work, however, is intrinsically linked to a medium and drawing inspiration from it remotely always involves the risk of warping its sense. In the absence of interdisciplinary correspondences, there is a real and perpetual need to invent anew in the process of transposition.

FORM.

The formal simplicity of our projects can, to some extent, be explained by a lack of other alternatives. It usually stems from not wanting to convey a specific meaning through form. We avoid any kind of overstatement. The distance we maintain with form is proportional to the power it has over the mind. We only have recourse to it when necessary. This was the case, for instance, with the Parisian church of Notre-Dame de Pentecôte [↗p.089], in la Défense, where curves are used to assert its fundamental difference in status with the rest of the orthonormal environment of the slab. Form is immediately obvious. Maintaining it at a certain level of insignificance is a way of ensuring open access to the project and also, through experimentation, its revitalisation. Yet we never start from the preconceived notion of producing a simple form. While simplicity is, de facto, a predominant feature of our work, a degree of formal complexity is never ruled out from the start. In most cases, it must be said (possibly due to the kind of commissions we are given but

support et l'on ne peut s'en inspirer de l'extérieur sans prendre le risque d'en pervertir le sens. Faute de coïncidence entre domaines disciplinaires, la nécessité reste entière et perpétuelle d'inventer chaque fois que l'on transpose.

LA FORME.

La simplicité formelle de nos projets s'explique, en partie, par défaut. Elle résulte, le plus souvent, d'une absence de volonté de signifier quoi que ce soit de particulier par ce biais. Aucune surenchère dans le domaine. La distance que nous entretenons vis-à-vis de la forme est proportionnelle au pouvoir qu'elle a sur les esprits. Nous n'y recourons que lorsque nécessaire. Ce fut le cas par exemple pour l'église Notre-Dame de Pentecôte [↗p.089], à la Défense, dont la courbure permet d'affirmer la différence fondamentale de statut dans le contexte orthonormé de la dalle. La forme s'impose de façon immédiate. La maintenir à un certain niveau d'insignifiance ménage le libre accès au projet et en permet, par l'expérimentation,

more probably due to our own inclinations) we do not feel that it is either necessary or relevant. Taking two identical programmes involving the same site, in a competition for instance, it is striking to see how radically simple our own projects are compared with others; it is as if, by resolving constraints, we gain in clarity—by decantation as it were—whereas others gain in complexity. We never proceed from outside the subject, from some ex nihilo concept which would generate a form (e.g. folds) in which a function has to fit in. Form is not a prerequisite. It stems from an approach that encompasses and connects the programme, the site and more broadly the requirements of the project. This approach, in turn, brings about form (which does not mean it is secondary). Form stems from the project, rather than the contrary (which is why we use neither sketches nor models in our preparatory work). An office space programme with no fixed framework, where the flexibility of each floor is a basic prerequisite, will in all likelihood generate a building that is simple in geometric terms, probably a parallelepiped, and has a vertical-framework façade allowing the inner walls to be

le renouvellement. Jamais, pour autant, nous ne partons de l'idée préconçue de produire une forme simple. Si la simplicité est, de fait, dominante dans notre production, toute complexité formelle n'est pas bannie d'emblée. Le plus souvent, il faut en convenir (peut-être est-ce lié à la nature des programmes, mais plus vraisemblablement à nos propres centres d'intérêt), nous n'en ressentons ni le besoin, ni la pertinence. À programme identique, sur un même site, dans le cadre d'un concours, par exemple, il est frappant de constater combien, généralement, en comparaison avec d'autres, nos projets sont radicalement simples; comme si, dans la résolution des contraintes nous gagnions en clarté, comme par décantation, ce que les autres dans le même temps engrangent en complexité. Nous ne procédons jamais de façon extérieure au sujet, à partir d'un concept ex nihilo qui générerait une forme (le pli, par exemple) dans laquelle rentrerait une fonction. La forme n'est pas un préalable. Elle participe d'une démarche qui englobe et relie le programme, le site et plus largement les conditions du projet. À partir de là, la forme est induite (ce qui ne veut pas dire qu'elle soit secondaire). Elle est issue du projet et non pas l'inverse (cela explique le fait que nous n'utilisons ni le croquis, ni la maquette comme moyens d'investigation). Un programme de bureaux en blanc, où la flexibilité des plateaux est une donnée fondamentale, générera très probablement un bâtiment à la géométrie

moved freely around. This is called for by the very nature of the building. The aim, therefore, will not be to try to camouflage the mundanity of its function by bringing in a spare form (e.g. folds) but to find out the angle at which a versatile façade framework can become beautiful in itself and shed a positive light on the building. We never resort to fanciful drawings and their references to extraordinary worlds to make mouths water. What we mean to offer is realistically achievable. And if the form of many of our projects is so straightforward, it is because they ultimately seek to express no more than what is necessary.

    simple, un parallélépipède sans doute, et une façade à trame verticale, de façon à permettre le libre déplacement des cloisons. C'est la nature du lieu qui le veut. La problématique, alors, ne consistera pas à tenter de camoufler l'ordinaire de la fonction par l'originalité d'une forme rapportée (un pli, par exemple), mais à trouver sous quel angle une trame de polyvalence de façade peut devenir belle en soi et qualifier positivement le bâtiment. Nous ne recourons pas, pour susciter le rêve, à l'imaginaire véhiculé par les mondes extraordinaires dont font état de merveilleux dessins. Nos trésors se situent potentiellement à portée de main. Et si la forme est souvent si simple dans nos projets, c'est, finalement, qu'elle ne cherche pas à exprimer autre chose que ce pourquoi elle est nécessaire.

ESTHÉTIQUE.

Chacun des projets, de notre point de vue, est radicalement différent des autres ; toujours spécifique du fait des circonstances dans lesquelles il s'inscrit, qui appellent des stratégies appropriées et des réponses, en conséquence, particulières. L'esthétique est ainsi liée intimement à l'idée qui sous-tend le projet. Ces différences qui caractérisent le projet ne sont cependant généralement pas perçues. Les clefs de lecture n'en sont pas explicitement fournies, il est vrai, mais il apparaît surtout évident, dans l'appréhension d'une œuvre, que prédomine, non pas ce qui se différencie mais bien ce que l'on reconnaît d'emblée comme signe d'appartenance ; ici, la simplicité récurrente de la forme, par exemple, ou le recours privilégié à certains matériaux. Plus fondamentalement pourtant, un certain nombre de thèmes nous intéressent indéniablement, que l'on retrouve d'un projet à l'autre (comme des variations autour du thème principal qui en porterait, lui, la singularité) et qui les rattachent les uns aux autres. Le mouvement est de ceux-là et, plus largement, la volonté d'inscrire le temps, comme on pourrait le faire de la musique, dans l'espace du projet. Autre constante est l'attraction suscitée

AESTHETICS.

Each project, in our view, is radically different from the others; it will always be specific to the circumstances in which it is set, which call for appropriate strategies and responses that will, therefore, be distinctive. The aesthetic qualities of a project are thus closely linked to the idea that underpins it. But the differences that characterise a project are not usually perceived. Admittedly the keys to understanding a project are never really given but it seems that, when appreciating a work of architecture, the signs that instantly mark its affiliation are more significant than those marking its difference. Here it may be the recurring simplicity of form, there a preference for specific materials. More fundamentally, however, we are undeniably interested in a number of themes, which are to be found from one project to the next (like variations on a theme that would itself be the outstanding feature) and interconnect them all. Movement is one such theme as is, more generally, our determination to incorporate time, or tempo as in music, into the space of a

par cette frange où le réel côtoie l'imaginaire, qui explique pourquoi le concret est dans le même temps à la fois pris en compte et fermement tenu à distance. Si, à l'instar d'Henri Michaux, on sait – en tant qu'architecte plus que tout autre – l'impossibilité de dire « le lieu sans le lieu, la matière sans matérialité, l'espace sans limitations », la tentation existe néanmoins, toujours, de s'affranchir de ce qui, en délimitant le contour du réel, en restreint la perception.

LE MOUVEMENT.

L'inertie, la gravité, sont les données immuables du projet. Ce à quoi aucun n'échappe. Le mouvement, par opposition, ce à quoi chacun aspire. Certains tentent littéralement de le figurer, ne produisant hélas, trop souvent, que des gestes figés, pétrifiés pour l'éternité (en guise de punition). La forme dont le but se réduit à reproduire peine décidément à évoquer la vie dans sa complexité. Nous ne chercherons pas, alors, à simuler le mouvement.
Le mouvement, nous le provoquerons et rendrons compte de sa présence au sein même de l'architecture. Aussi sûrement qu'un tournesol s'oriente vers le soleil, les projets sont déterminés, adaptés stratégiquement à cette fin. Ils ne sont pas pensés en tant que compositions architecturales mais imaginés comme des dispositifs destinés à servir de révélateurs à la vie qu'ils abritent. Ils procèdent souvent de l'intérieur vers l'extérieur, par plans successifs créant une profondeur de champ où chaque strate est mise à contribution, telle une membrane dont le rôle serait de transmettre,

project. Another constant is our attraction to the place where reality and the imaginary meet, which explains why practicality is both present, yet kept firmly at a distance. Although like Henri Michaux we do know— as architects more than anyone—how impossible it is to say "a place without a place, matter without materiality, space without limits", there is always the temptation to shake off the constraints which, by delineating the realm of reality, curb our perception of it.

MOVEMENT.

Inertia and gravity are the unalterable givens of a project. Something that none of us can avoid. Movement, on the contrary, is something to which we all aspire. Some attempt quite literally to portray it but all too often produce no more than frozen gestures, set in stone for eternity (as a punishment). Form aimed merely at reproducing movement will always struggle to portray life in all its complexity. We, on the other hand, do not intend to simulate movement. Instead we will provoke and highlight it within the work. As surely as a sunflower follows the sun, projects are designed and strategically adapted to that end. They are not conceived as architectural compositions but devised as systems that will act as developing agents for the life within. They are often devised from inside to outside, or vice versa, in a series of "shots" creating a depth of field where each stratum plays its part, like a membrane designed to transmit an amplified form of the phenomena that

en les amplifiant, les phénomènes qui s'y produisent. Les fonctions des lieux sont utilisées selon leur potentiel en termes de dynamique.
Les circulations, par exemple, où le mouvement est induit, sont souvent privilégiées hiérarchiquement. Le plan, la coupe, la façade, servent à régler, par la mesure, les trajectoires ; la matière à capter ou à restituer la lumière. À la Maison des adolescents [↗p.185], à Paris, les circulations sont disposées le long de la façade de manière à inscrire les déplacements des usagers dans la logique des flux urbains, en parallèle des cheminements des piétons et des mouvements des véhicules. Les portes donnant sur la paroi interne des couloirs, partiellement recouvertes de miroirs, créent des interférences visuelles lorsqu'elles sont manipulées. La faible épaisseur du bâtiment permet à certains endroits, comme dans le hall, de rejoindre la face opposée dans une double transparence. Le contre-jour y inscrit la trajectoire du soleil à même le bâtiment. Tandis qu'au nord, face au parvis, les filtres captent, vert sur vert, le reflet mouvant des arbres. La façade ne doit en rien perturber les fluidités. Pas de hiérarchie qui rattacherait le plan au sol en révélant la pesanteur, pas la trace d'un effort dans

occur within. The functions of a place are used according to their potential in terms of dynamics. Corridors, for instance, which generate movement, are often given priority. Framework, cross-section and façade regulate—through measurement—trajectories; materials are used to capture or restore light. At the Maison des adolescents [↗p.185] in Paris, corridors run along the façade so as to blend the movements of users with the urban flows outside, parallel with the pedestrians walking along and the vehicles driving by. The doors set into the internal walls of those corridors, partially mirrored, generate visual interferences when opened or closed. The shallow depth of the building makes it possible to see, at certain points such as in the foyer, through to the far side via a double transparency. Backlighting marks the sun's path on the building itself. And to the north, facing the entrance, filters capture the moving reflection of the trees, green on green. The façade must in no way counter fluidity. There should be no hierarchy tying the

la résolution des contraintes, aucune distraction dans la perception, mais un plan immobile neutralisé par la trame inexorable qui, telle la structuration de la toile du peintre, sert au repérage des signes qui s'y produisent. Les Archives départementales de Rennes [↗p.207] ou le Palais des beaux-arts de Lille [↗p.053] sont conçus sur un dispositif similaire. Porte Pouchet [↗p.251], à Paris, les flux générés par l'activité du terrain de football et le trafic routier du périphérique sont exploités via le bâtiment, qui en marque la limite et joue le rôle de relais dans les transmissions recherchées de rive à rive. À Boulogne-Billancourt [↗p.305], le paysage fluvial est capté au sein même des appartements, telle une fresque mouvante. De même à Strasbourg [↗p.259], où les vibrations de la lumière prolongent, dans la médiathèque, les miroitements du plan d'eau. Ou encore, à Rome, dans le palais mussolinien réhabilité, où l'espace de présentation du musée de l'Audiovisuel [↗p.107], strictement cantonné dans l'emprise de la cour centrale, se lit au travers des arcades de marbre comme un cœur qui palpite.
    PERFECTION.
La notion de perfection ne relève pas, en ce qui nous concerne, d'un quelconque idéal. Pas de but supérieur vers lequel on tendrait, passant outre les contingences de ce monde, qui justifierait une quête obsessionnelle de perfection. L'obsession, s'il en était, consisterait à chercher méthodiquement et imperturbablement, projet après projet, bâtiment après bâtiment, la façon de permettre aux choses de prendre place *par elles-mêmes* dans le monde. Il faut pour cela être en mesure d'en révéler la pertinence fondamentale. Toute révélation (→p.117)

CHURCH
ÉGLISE
PARIS-
LA-DÉFENSE

A place of worship, here, is a place of freedom. It opens onto the landscape and offers access to all without discrimination. It is a place where outlooks change, the path makes sense and visitors physically cross thresholds, advance, ascend and reach a state of detachment. Notre-Dame-de-Pentecôte is also and above all welcoming, almost familiar yet different; it sits well in its environment and is readily and naturally accessible. The building, set slightly back from the parvis in la Défense, stands on a set of piles to fit the intermediate scale of the neighbouring buildings. Elevating it from the ground makes it possible to approach the project as a mere addition to a site accepted as it stands, without any illusory restructuring of the unreliable fringes of the slab. The church's presence at ground level is therefore essentially symbolic. The cross stands in a water disc, directly on the slab, and is protected by the overhanging building; this inversion prevents the neighbouring towers from being overpowering. The bells are suspended. Entering the building involves crossing water. Ascending involves a pause. Light is transformed all along the way. From ample and generous, it becomes precise, complex and meaningful as one draws nearer to the sanctuary. The inner space of the church is enveloping and orientated. The copper covering the façade has been here stabilised to retain its gold colour. Red stained-glass windows mark the cardinal points while natural light emphasises the central presence of the altar.

Notre-Dame-de-Pentecôte est un lieu de liberté. Ouverte alentour, elle s'adresse à tous sans discrimination. C'est un lieu de modification du regard où le parcours a un sens, où l'on pratique physiquement le franchissement, la progression, l'ascension, la distanciation. Notre-Dame-de-Pentecôte est aussi et avant tout un lieu accueillant, presque familier quoique différent, bien calé dans son environnement, facilement et naturellement accessible. Légèrement en retrait par rapport au parvis de la Défense, l'édifice est rehaussé sur pilotis pour intégrer l'échelle intermédiaire des constructions environnantes. La dissociation du sol permet d'envisager l'intervention comme une simple adjonction dans un site accepté en l'état, sans avoir à recourir à une restructuration illusoire des franges incertaines de la dalle. La présence de l'église au niveau du sol est, alors, essentiellement symbolique. La croix est plantée dans un disque d'eau, à même la dalle, protégée par le corps du bâtiment en surplomb ; inversion qui permet d'échapper à la domination des tours environnantes. Le carillon est suspendu. On entre dans l'enceinte en franchissant l'eau. L'ascension marque un temps. La transformation de la lumière accompagne le mouvement. D'ample et généreuse, elle devient, en approchant du lieu saint, précise, complexe et signifiante. L'espace intérieur est enveloppant et orienté. Le cuivre qui recouvre la façade est, ici, stabilisé dans sa couleur or. Des vitraux rouges marquent les points cardinaux, tandis que la lumière naturelle souligne, en position centrale, la présence de l'autel.

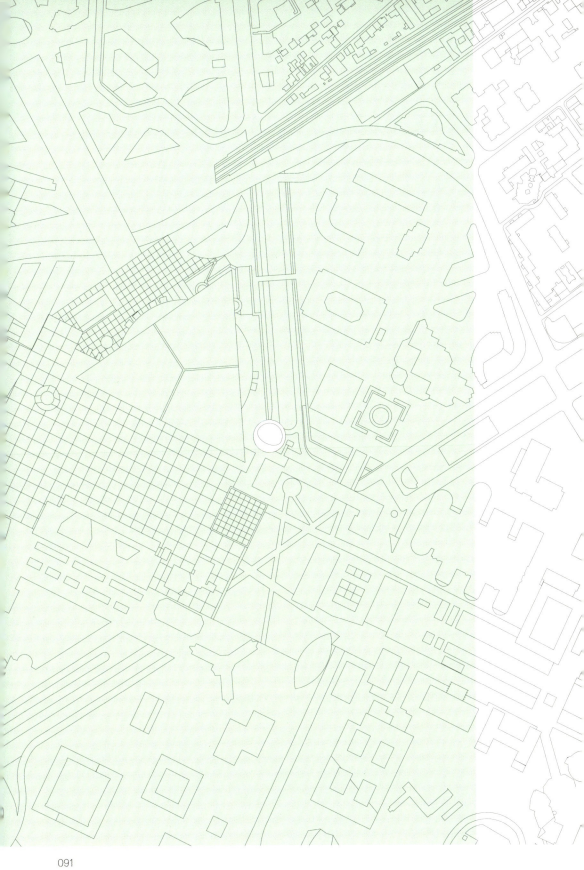

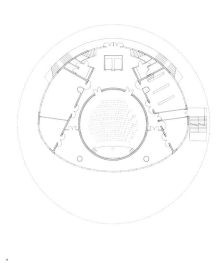
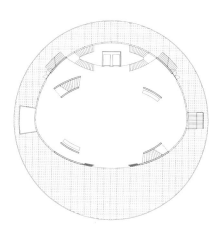
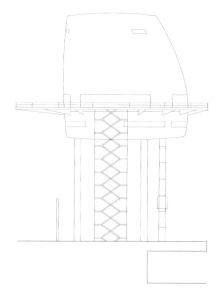
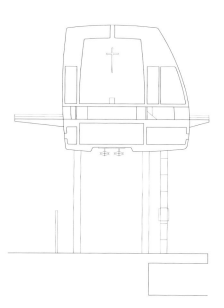

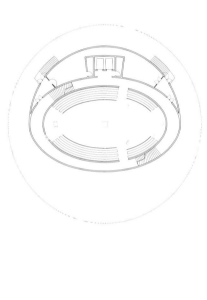
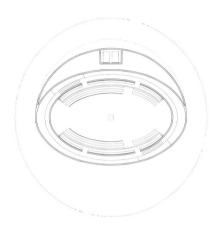
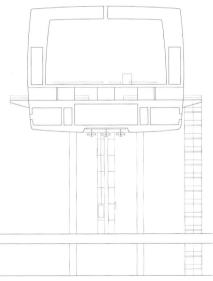
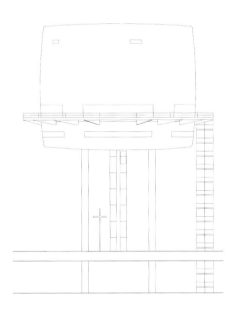

SCHOOL
OF ARCHITECTURE
ÉCOLE
D'ARCHITECTURE
PARIS

"Paris is a library through which flows the Seine". How could one not quote Italo Calvino here, next to the river, in Masséna? History has actually preserved the fine *châteaux* so typical of the left bank, upstream from the historical centre. This is the location of the university, a new symbol within the city. Going from one chateau to the next, we come upon it, moored to the great and powerful Bibliothèque de France and heralding the new destiny of the East of Paris. The School of Architecture is part of this dynamic, deliberately positioned within a greater network of relationships. It is in dialogue with the broader landscape. The site is located below the curve of the Boulevard Masséna, on the very edge of Paris *intra-muros*. The existing hall borders the site to the West and delineates, like a vice, the scope of the development project. The project side-steps these restrictions by rising via its base to the level of the boulevard. From here, it interacts with the nearby suburbs. The main building overlooks the base, facing the Seine, and its dimensions interact with those of the transport network, the bridges and the mills. Through the aperture, a broad terrace takes the Seine as its backdrop and provides the School with an opening onto the city. The Sudac hall has had its brick cladding removed to reveal a fine cross-like frame. It accommodates a car park, at ground level, and the library, nestled high up in the vault. The base of the new building accommodates the School's common areas, while in the superstructure the lecture-halls occupy vast sparse floors, high up in mid-air, opening out onto Paris, that is to say central Paris and its suburbs, which together form the future "Grand Paris".

« Paris est une bibliothèque que traverse la Seine ». On ne peut s'empêcher de citer Italo Calvino ici, tout près du fleuve, à Masséna. L'Histoire a conservé, finale- ment, les châteaux magnifiques qui caractérisent sa rive gauche, en amont du centre historique. L'université s'y est installée, nouveau signe dans la ville. Ricochant d'un château l'autre, elle s'accroche à la grande et puissante Biblithèque de France et marque la nouvelle destinée de l'Est parisien. L'école d'architecture s'inscrit dans cette dynamique en se positionnant délibérément dans une échelle de relations élargie. Elle s'adresse au grand paysage. Le terrain dévolu est calé en contrebas du boulevard Masséna, dans sa courbe, à l'extrême limite du Paris *intra-muros*. La halle existante borde le site à l'ouest, délimitant, tel un étau, le périmètre d'intervention. Le projet s'affranchit de ces entraves en se rehaussant au niveau du boulevard par l'intermédiaire d'un socle. D'ici, le contact s'établit avec la banlieue, toute proche. Un corps de bâtiment surplombe le socle, orienté vers la Seine, et dont l'échelle joue avec celle des voies, des ponts et des moulins. Dans l'interstice, une large terrasse met en scène le fleuve et ouvre l'école su la ville. La halle Sudac, dépouillée de sa brique, révèle sa belle structure en croix. Elle abrite le parking, au sol, et la bibliothèque, nichée tout en haut dans la voûte. Le socle du nouveau bâtiment accueille les espaces communs de l'école, tandis qu'en superstructure les salles de cours occupent de vastes plateaux libres, en plein ciel, grands ouverts sur Paris ; Paris centre et sa banlieue, le futur Grand Paris.

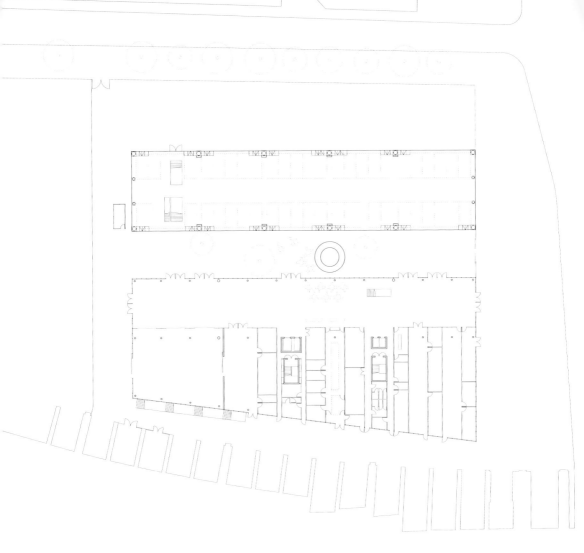

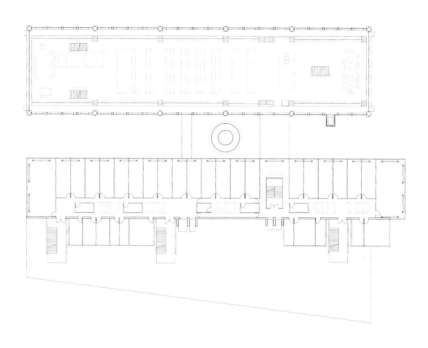
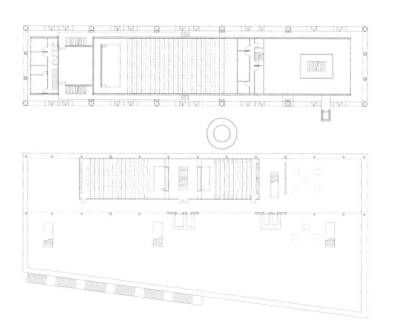

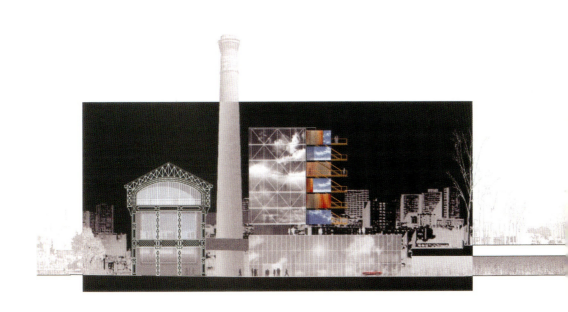
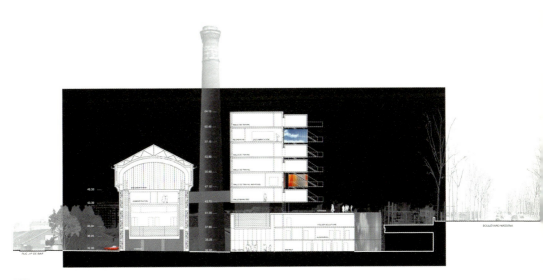

MUSEUM OF AUDIOVISUAL ARTS
MUSÉE DE L'AUDIOVISUEL
ROME

The building is an invocation of the arch motif, endlessly duplicated to the point of abstraction. It calls for open spaces. The project to convert the Mussolini Palace into the National Museum of Audiovisual Arts retains intact the effective dramatic presence of the original building. The double layer of peripheral galleries is left bare to allow free rein to the unrelenting interplay of shade and light, which gives the building its distinctive presence in the landscape. The new facilities are therefore confined to the empty space within the central courtyard. Activity is concentrated in a dense and dynamic core with a continuous flow linking the base to the summit, irrigating the building vertically. The scale here has been geared up. Each gallery level corresponds, in the courtyard, to three floors. From the long black panel marking the boundary of the museum inside flow delicate images. As they cross it, visitors enter a technological wonderland. At the core lies a purely artificial world, a succession of areas dedicated to image and sound, where even the sight of the sky at its zenith, a perfect blue rectangle, seems unreal. After so many years—but that much time was probably necessary—the "square giant" has awakened. The building remains as it was, enigmatic and fascinating, but one can feel life stirring beyond its still façade, filling with each breath the 216 peripheral arches. Light is, as always, what draws the visitors' gaze; but it is no longer lost in the abyssal depths. It is captured at the core of the building and cast anew. The preserved sparseness of the galleries constitutes the volume that gives the building a particular resonance. The building no longer draws the attention of onlookers univocally. It now "interacts". And the arch now symbolises that dialogue.

Incantation à l'arc qui se décline à l'infini, jusqu'à l'abstraction, le lieu appelle le vide. Le projet de reconversion du palais mussolinien en musée de l'Audiovisuel garde intacte la puissance du dispositif scénique d'origine. La double couronne de galeries périphériques reste inoccupée pour laisser libre cours au jeu implacable de l'ombre et de la lumière qui confère au bâtiment sa présence si caractéristique dans le paysage. Les nouvelles fonctions sont alors cantonnées dans le vide de la cour centrale. L'activité se concentre dans un noyau dense, actif, qui relie dans un flux continu la base au sommet et irrigue verticalement le bâtiment. L'échelle y est démultipliée. À chaque niveau de galerie correspondent, dans la cour investie, trois niveaux de plateaux. Du long pan noir qui délimite l'enceinte du musée vers l'intérieur surgissent les images à fleur de peau. On accède, en le franchissant, au pays des merveilles technologiques. L'univers du noyau est purement artificiel, succession d'espaces voués à l'image et au son, où la présence du ciel au zénith, parfait rectangle bleu, semble elle-même irréelle. Après tant d'années, mais peut-être cette distance était-elle nécessaire, le « colosse carré » se réveille. Le bâtiment reste ce qu'il fut, énigmatique et fascinant. Mais par-delà la façade immobile, on ressent le frémissement de la vie qui l'envahit, emplissant au gré de sa respiration les 216 arches de sa périphérie. C'est la lumière, toujours, qui dirige le regard. Mais elle ne se perd plus dans les profondeurs abyssales. Au cœur du bâtiment, elle est captée puis restituée. Le vide préservé des galeries constitue le volume de mise en résonance des lieux. Le bâtiment n'attire plus à lui de façon univoque. Il échange. Et l'arc, désormais, signifie cet échange.

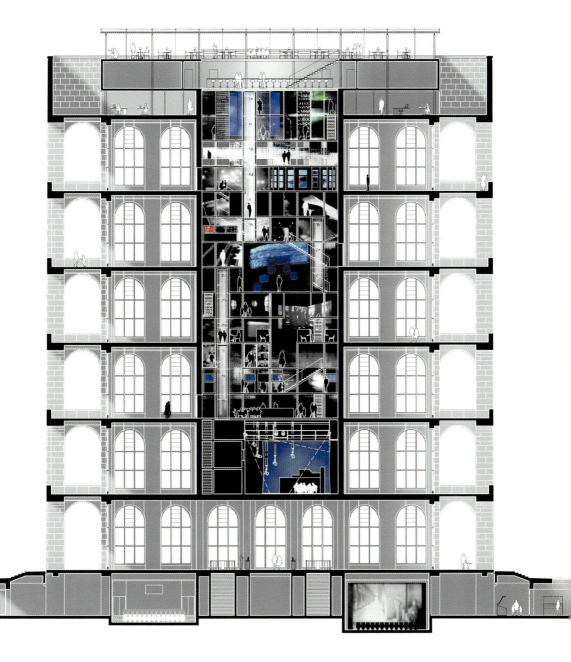

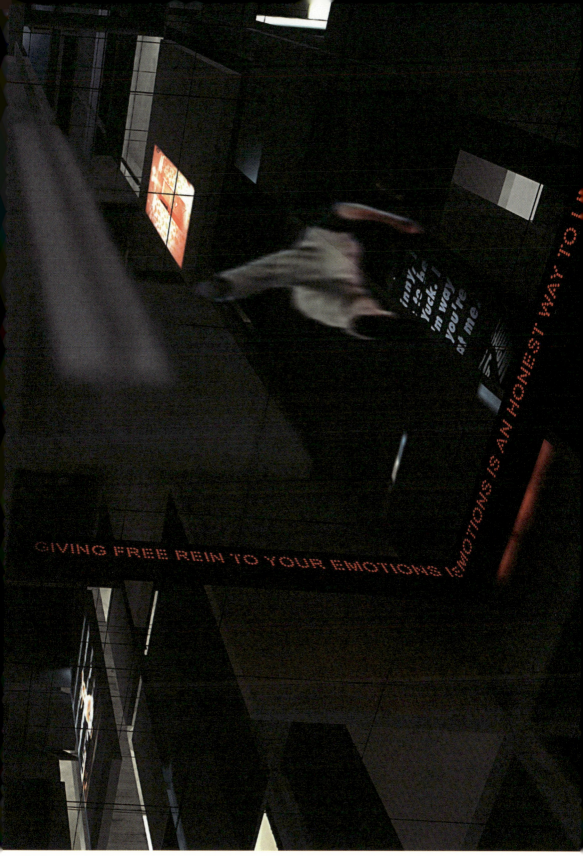

lay-out to the ground, thus revealing gravity, no trace of any efforts made to resolve constraints, nothing to distort perception but an immobile surface neutralised by the relentless grid which, like that on a painter's canvas, serves to pinpoint the signs produced upon it. The Departmental Archives [↗p.207] in Rennes and the Museum of Fine Arts in Lille [↗p.116] are designed along similar lines. At Porte Pouchet [↗p.251], in Paris, the flows generated by players on the football pitch and traffic on the city ring road are harnessed via the building which marks out the limits and acts as a guide for the transmissions opened between one bank and the other. In Boulogne-Billancourt [↗p.305] the river landscape is captured in the apartments themselves, like a moving fresco. A similar effect has been achieved in Strasbourg [↗p.259], where the vibrations of light prolong into the Multimedia Library the shimmer of the water. As well as in Rome, at the renovated Mussolini palace, where the display area of the Museum of Image and Sound [↗p.043], strictly confined within the central courtyard, is viewed through marble arcades, resembling a beating heart.

PERFECTION.

The notion of perfection, in our view, is not in any way an idealised objective. There is no higher goal out there, beyond the trivial circumstances of this world, which would warrant an obsessive quest for perfection. The obsession, if there were one, would be with conducting a methodical, stolid search, project after project, building after building, for ways of allowing things to find their place in the world by themselves. This means being capable of revealing their fundamental relevance.

> suppose le principe d'une transmission, laquelle passe, en architecture, par la matérialisation. L'objectif consiste, alors, à veiller à ce que dans sa résolution et dans sa concrétisation le projet conserve la fluidité requise pour que la transmission s'opère par-delà la matière. C'est là que le détail prend son importance. Il est de l'essence même de cette architecture qui joue sur peu de chose, où le moindre hiatus peut constituer un obstacle. Le détail n'est pas pensé comme objet de délectation esthétique. Il constitue très prosaïquement un rouage du dispositif en place et devient beau à ce titre et dans l'accomplissement de sa fonction. Au Palais des beaux-arts de Lille [↗p.053], la forme ovoïde des raidisseurs de la façade de l'extension a pour but essentiel de faire disparaître la structure dans la lumière et crédibiliser, par cette mise à distance de la technique, la matérialisation de l'idée primordiale du tableau qui, au droit de la façade, signifie la fonction du musée. De même pour l'acrotère ou les refends latéraux

Any revelation requires transmission, which itself implies, in architecture, the process of materialisation. The aim, then, is to ensure that the project, in its resolution and execution, remains fluid enough for transmission to occur beyond matter. It is here that detail becomes important. It is the very essence of the kind of architecture that plays on very little, where the slightest hiatus may be an impediment. A detail is not thought out as an object of aesthetic delight. Quite prosaically it is a cog in the machine and becomes beautiful as such and as it fulfils its function. At the Lille Museum of Fine Arts [↗p.053], the ovoid shape of the stiffeners on the extension façade is essentially designed to make the structure dissolve into the light and, by standing back from the technicalities, give credibility to the materialisation of the painting concept, in front of the façade, to signify the museum's function. This is also the case with the parapet and the side cross walls whose edges are bevelled as on a frame, to avoid casting shadows and so let the light in uniformly. Ultimately, everything has a part to play, be it the flashing, the egress windows, the ventilation ducts or the expansion joints. Care must be taken to erase asperities, deal with shadows, remove interference and anything that would be extraneous or irrelevant to the project. The aim is to take restraint to perfection, through sheer necessity. For what we want to show is not confined to matter alone. And matter should not mar perception. Consequently, some means are not ends in themselves.

dont les extrémités sont biaisées, à la manière d'un cadre, pour éviter la formation d'ombres portées et permettre, ce faisant, à la lumière d'investir de façon homogène la surface concernée. *In fine*, tout doit rentrer dans le jeu ; les bavettes de recouvrement, les ouvrants pompiers, les ventilations, les joints de dilatation. Il faut veiller à gommer les aspérités, gérer les ombres, effacer tout signe parasite, tout ce qui serait extérieur au propos, inutile à l'action. Pousser l'effacement à la perfection, par pure nécessité. Car ce que l'on veut montrer ne s'arrête pas à la matière. Et la matière ne doit pas en altérer la perception. Ainsi donc, il en est des moyens qui ne sont pas des fins.

LA MESURE.

La calculette est notre instrument de base ; la mesure, le socle de nos projets. Le site, le programme et, plus généralement, toutes les données disponibles du projet sont passés au crible de l'analyse. Le programme est jaugé dans son rapport au site. Il faut pouvoir en apprécier le poids, en déterminer les parties ; identifier, par exemple, le pourcentage des surfaces nécessairement localisées en

MEASUREMENT.
The calculator is our basic tool, and measurement is the basis of our projects. The site, the programme and, more generally, all available data on the project are thoroughly analysed. The programme is gauged in terms of how it relates to the site. We have to look at its importance, and break it down into parts; to determine, for instance, the percentage of surface area that will necessarily be located on the ground floor, the premises that require natural light (unlit areas may form a block whereas those with natural light require a length of façade), and work out the ensuing volumes; the impact of vertical passages and service areas. Ratios are calculated. The programme is broken down into coloured rectangles, placed one above the other or side by side. Then the geometrical characteristics of the plot are analysed, including altimetry, minimum distances, access and aspect. Everything is systematically checked and assessed; no preconceived ideas, we just want to begin to grasp where

rez-de-chaussée, les locaux à prévoir en lumière naturelle (les locaux non éclairés peuvent constituer une masse, tandis que ceux en lumière naturelle impliquent un certain linéaire de façade), les volumes induits; l'impact des circulations verticales, des surfaces techniques. Des ratios sont établis. On met le programme à plat sous forme de rectangles colorés que l'on superpose ou que l'on dispose côte à côte. Les caractéristiques géométriques de la parcelle sont à leur tour analysées, les altimétries, les prospects, les accès, l'orientation. Tout est systématiquement vérifié, soupesé; sans a priori, juste pour commencer à comprendre où se situent les problèmes et quelles sont les perspectives qui s'offrent. Cette connaissance théorique quantifiable est préalable à toute hypothèse conceptuelle. Elle a pour objectif l'évaluation des moyens à mettre en œuvre. Elle oriente, ce faisant, les choix par élimination des scénarios improbables et sert, concrètement, à définir progressivement le champ du possible.
L'INTELLIGENCE DES SITUATIONS.
L'architecture commence là. Avant toute spéculation sur les ambiances, les matériaux, les formes, avant le dessin, ce sont les circonstances mêmes du projet qu'il importe d'explorer. Le programme, le site, le contexte dans lequel se développe une opération constituent, au-delà de simples données, la véritable matière première à partir de laquelle s'élaborent les stratégies. Les opportunités offertes, lorsqu'elles sont dûment saisies et mises en relation, redéfinissent le potentiel des lieux. Il nous faut chercher à cerner ces potentialités et trouver les moyens d'en tirer le meilleur parti. La force du projet de la Maison des

the problems lie and what the prospects are. This quantifiable, theoretical knowledge precedes any conceptual assumptions. Its aim is to assess the resource requirements. It accordingly directs our choices by eliminating unlikely scenarios and, in practical terms, serves to gradually define the range of possibilities.

GRASPING THE SITUATION.

Architecture starts here. Before speculating at all about ambience, materials or form, before any design emerges it is the actual context of the project that needs to be explored. The programme, site and context of a development—these are all, more than just data, the real raw material on which strategies can be built. The opportunities available, once duly seized and connected, redefine the potential of a place. We have to try to determine what that potential is and find ways of fulfilling it. The entire strength of the project at the Maison des Adolescents [↗p.185] in Paris, for instance, lay in making the most of the magnificent strip of land available on the boulevard de Port-Royal. The strip was available, but harnessing its potential involved something that now seems so natural that it tends to be forgotten, namely reinterpreting urban regulations and largely circumventing the programme. The relevance of a project's fundamentals is vital. Anything can be resolved, more or less, with time;

adolescents [↗p.185], à Paris, tient ainsi tout entière dans l'exploitation du magnifique linéaire disponible sur le boulevard de Port-Royal. Linéaire disponible, certes, mais pour l'exploitation duquel, on aurait tendance à l'oublier tant cela semble maintenant naturel, il a fallu réinterpréter le règlement urbain et largement contourner le programme. La pertinence des fondements d'un projet est primordiale. Tout peut se résoudre, plus ou moins, dans le temps ; mais un projet qui n'arriverait pas à transcender les faits qui président à son existence restera médiocre, quelle qu'en soit la qualité d'exécution. On ne fait pas impunément l'économie de l'intelligence des situations. Pour la plus petite, la plus modeste des opérations se pose toujours la question cruciale de sa valorisation. Pas besoin de mettre en œuvre, pour cela, des moyens excessifs. Pas la peine d'aller chercher ailleurs ce que l'on trouve sur place et dans le contexte même du projet. C'est dans les choses elles-mêmes que réside leur force. C'est dans leur capacité à s'extraire de leur condition – par exaspération de leur qualité – que l'on trouvera la manière d'en révéler l'autonomie, la beauté. C'est dans la compréhension des mécanismes qui les régissent que se situe, assurément, notre levier d'action.

but a project that cannot transcend the facts governing its existence will always be mediocre, however well it is executed. You cannot fail to understand a situation and get away with it. Even for the smallest, most unassuming development, the crucial question will always arise of how to make the most of it. There is no need to give over excessive resources. No point in looking far afield for something that is available on the spot and in the project's context itself. The real strength of things lies within. It is in their potential to rise above their station—through the exasperation of their quality—that we can manage to reveal their autonomy, and their beauty. It is in comprehending the mechanisms behind them that we can most definitely find leverage.

LE SITE.

Ni trop près des choses, ni trop loin ; l'architecture est pour beaucoup question de distance. Un site s'appréhende par allers et retours réitérés. C'est à distance que l'on approche de l'essentiel ; sur place que l'on confirme ses intuitions. La distance par rapport au contexte immédiat d'une opération offre le recul nécessaire à l'établissement d'une échelle de relations plus larges, plus ouvertes aussi. Ce qui importe dans un premier temps (les dessertes, les reliefs, les densités, la topographie, l'ensoleillement) n'implique pas d'arpenter le terrain et ce n'est pas le nez au vent que l'on cherche l'inspiration. La réalité gagne à être imaginée. La visite des lieux intervient indépendamment. Elle est souvent, pour nous, un simple moment de confirmation. Les grandes forces d'un site, voilà ce que l'on cherche d'emblée. Celles qui préexistent à l'intervention et dans la dynamique desquelles s'inscrira le projet. Elles dépassent généralement le simple parcellaire ; le projet, alors, s'adresse au grand site.
À Strasbourg, sur la presqu'île délimitée par deux bras d'eau, trois bâtiments identiques se succèdent dans une même épure, comme tirés au cordeau. Un seul concerne la médiathèque [↗p.259]. Nous prenons le tout, mais encore les quais avec leurs rails et puis les alignements d'arbres sur les berges qui leur font face. Et nous inscrivons l'extension demandée dans cette linéarité générique. Car les bâtiments, en soi, ont peu d'intérêt au regard de la beauté qui se dégage ici de l'asservissement de toutes les composantes à la logique du cours d'eau. Pour exister dans un environnement qui le dépasse, pour y créer les liens nécessaires, le projet doit trouver les moyens qui lui permettent d'élargir son impact ; dépasser ses strictes limites physiques pour se projeter dans la grande échelle. Il doit trouver l'angle sous lequel les connexions souhaitées vont pouvoir se réaliser. À la Maison des

THE SITE.

Neither too near, nor too far: architecture is largely a matter of distance. A site needs to be weighed up by repeatedly going to and fro. It is by standing back that we can get to the crux of the issue; and on site that we confirm our intuition. Standing back from the immediate surroundings of a development gives us the distance we need to draw up a broader—and more open—scale of relations. Factors that are vital from the outset (such as service roads, contours, densities, topography, amount of sunlight) do not require pacing up and down the site, and you do not have to be nose to the wind to find inspiration. There are benefits in imagining reality. Site visits are a separate process. In our case, they often serve to confirm our thoughts. The great strengths of a site are what we are looking for at the outset. Those present before we intervene and those that create the dynamics that will drive the project. They usually extend beyond the actual plot, and the project will accordingly address the broader site. In Strasbourg, on the peninsula formed by two waterways, a series of three identical buildings are lined up, as if in a geometrical drawing. Only one is to become the Multimedia Library [↗p.259]. We take all three, even the docks with their railway lines and then the rows of trees on the banks opposite. And we set the extension we have been commissioned to design into this generic linearity. For the buildings *per se* are of little interest compared with the beauty that emanates, here, from the way each element submits to the rule of the waterway. To exist in the broader environment, to create the

adolescents [↗p.185], le contact était recherché avec la ville. Le retrait du bâtiment par rapport à l'alignement constitutif du boulevard de Port-Royal établit, à cet endroit précis, les conditions d'une relation transversale avec le Val-de-Grâce au travers du parc. La respiration ainsi créée dans la linéarité du boulevard souligne la présence de l'hôpital et exacerbe son impact urbain. Une construction à l'alignement n'eut clairement pas permis ce type d'articulation. Le bâtiment des Archives départementales [↗p.207], à Rennes, borde sur sa face nord l'immense parc qui traverse le site d'est en ouest. Le projet s'est développé en rapport avec cette vacuité ; et c'est pour tenir le linéaire du parc avec une présence suffisante que la construction inclut d'emblée, en son sein, l'extension future. Cette stratégie appelait un répondant sur l'autre rive pour structurer, par ricochets, le vide. Tentative avortée, les uns et les autres ayant choisi, dans le temps, de jouer « perso ». Avec pour conséquence, de part et d'autre du parc, une collection de bâtiments que le vide sépare au lieu de réunir. (→p.155)

FIRE STATION
CENTRE DE SECOURS
NANTERRE

Every aspect of life in a fire station relates to the notion of efficiency. Efficiency in handling emergencies, an absolute necessity which requires centralised information as well as highly organised spaces to optimise the firefighters' gathering time. Efficiency in managing the facility to achieve the best possible fit of areas to functions. It is from the way it solves these issues that the building derives its aesthetics, its perfect intelligibility in terms of how it operates being raised to the level of representing its very function. For optimisation purposes, the station has been organised into a U shape centred around the outdoor training area. The maintenance unit extends out from both sides of the station, making it highly intelligible. Located in the central wing the relaxation, catering and administrative areas are south-facing and look out onto the courtyard. The dormitories are located on the first floor, over the sheds. Set well apart, the family homes are located above the emergency centre and are accessed from avenue de la République through some magnificent glazed halls. They are all triple-aspect and allow residents to look beyond the station environment. The lounges, which form a bridge over the future park, are fully transparent and allow the light to shine right through. The station is a military facility. The footprint of the monolithic base matches the outline of the entire site and thus closes it off. It is insurmountable; there are no openings onto the street, apart from the engine entrance and exit. A single material has been used on the façade: steel, both solid and perforated. To emphasise the building's massive aspect, the siding caps have been welded. From outside, the upper edge of the building appears crenellated, reminiscent of ancient strongholds. The steel, in broad waves, has been polished to achieve a mirror effect and indicate, by being fully reflective, that access is denied.

La vie d'un centre de secours fait référence sous tous ses aspects à la notion d'efficacité. Efficacité dans le traitement de l'urgence, nécessité absolue qui suppose une centralisation de l'information et une organisation très stricte des espaces pour favoriser le rassemblement des hommes dans le délai de rigueur. Efficacité dans la gestion du lieu avec, pour conséquence, une adéquation optimale des espaces à leur fonction. C'est de la justesse de la réponse à la problématique posée que naît l'esthétique du bâtiment, la lisibilité parfaite du fonctionnement étant alors portée au rang de représentation de la fonction. L'adaptation du projet au site conduit à une organisation de la caserne en U, autour de la cour d'exercices. L'unité de maintenance prolonge la caserne de part et d'autre. Les locaux de détente et de restauration ainsi que l'administration bénéficient, dans l'aile centrale, d'une orientation au sud et d'une vue dégagée sur la cour. Les chambres collectives sont situées à l'étage, à l'aplomb des remises. Clairement dissociés, les logements des familles surplombent le centre de secours, accessibles depuis l'avenue de la République par de majestueux halls vitrés. Ils disposent d'une triple orientation qui permet à chacun d'échapper visuellement à l'univers de la caserne. Les séjours en pont, en surplomb du futur parc, créent de larges transparences que la lumière traverse de part en part. La caserne est une enceinte militaire. Le socle monolithique épouse les limites du site et en réalise la clôture. Il est infranchissable ; aucune ouverture sur rue, sauf l'entrée et la sortie des camions. Un seul matériau en façade, l'inox, plein ou perforé. Pour renforcer la notion de massivité, les coiffes du parement sont soudées. La limite du bâti se lit ainsi comme un créneau régulier qui rappelle d'anciennes forteresses. L'inox aux larges ondes est alors poli pour jouer de l'effet miroir et signifier, par le reflet intégral, l'interdiction d'entrer.

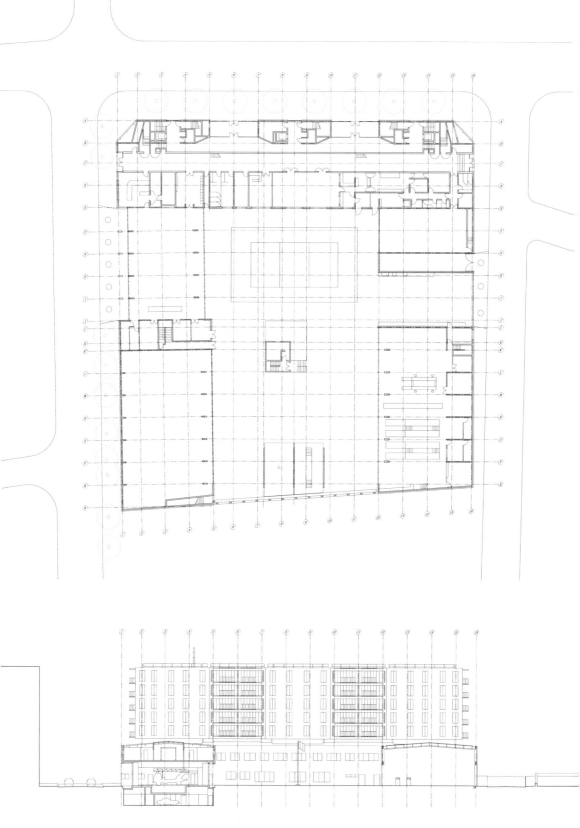

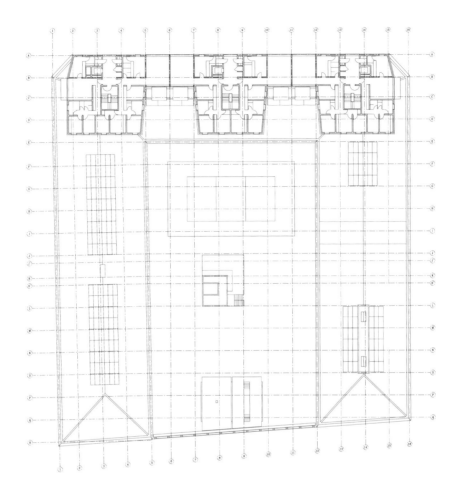
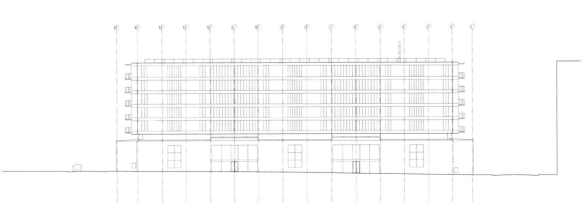

POLICE
HEADQUARTER
CITÉ
DE LA POLICE
LUXEMBOURG

From the old city walls, overlooking the Alzette and Pétrusse rivers, the crest of the Verlorenkost plateau stands out clearly against the landscape and is now topped with a fine ribbon of glass that highlights the terrain. This is the Cité de la Police, so interwoven into the steep slopes of the city that it forms a natural extension. The approach to the site was essentially based on landscape and justified by the fragility, visibility and relatively large scale of the project. Making the most of the site's inclination, a large platform has been built into the slope and underpinned to free up enough space to accommodate most of the planned facilities. This base visually ties the construction in with the buttresses of the old town opposite. It constitutes a vast promontory, with views over the landscape of the two valleys. A slender construction on piles outlines the crest of the plateau; this broken line in the landscape, on the same scale as the surrounding transport infrastructure, reveals and underlines the site's topography while signifying the presence of the Cité de la Police. The Cité is organised into two reference levels: the upper level, accessible from the square, contains the public areas. The lower level contains the internal services, and is in line with the rift running from one end of the base to the other. This rift, mineral and steep at its densest, where the tree foliage above heightens the perception of the slope, rapidly blends in with the green and intimate landscape of the local architectural heritage. From the park that crowns the base, the perception is quite different. The eye is drawn to the full panorama beyond the valleys.

Depuis les remparts de la vieille ville, surplombant l'Alzette et la Pétrusse, la crête du plateau du Verlorenkost est clairement lisible dans le paysage, désormais couronnée par un mince ruban de verre dont le tracé surligne le niveau. C'est là que se situe la Cité de la police, imbriquée dans le relief escarpé de la ville jusqu'à en constituer le prolongement. L'intervention est de nature essentiellement paysagère ; la fragilité du site, sa visibilité et l'importance relative du programme en justifient le sens. Mettant à profit la déclivité du terrain, une large plate-forme est développée face à la pente, dégageant en sous-œuvre un volume habitable à même d'accueillir la majeure partie des équipements prévus. Le socle ainsi constitué rattache visuellement l'ouvrage aux contreforts de la ville historique en vis-à-vis. Il offre un vaste promontoire sur le paysage des deux vallées. Une mince construction sur pilotis dessine alors les contours de la crête du plateau ; ligne brisée dans le paysage à l'échelle des infrastructures viaires, qui révèle, en la soulignant, la topographie des lieux et signifie la présence de la Cité de la police. Celle-ci s'organise sur deux niveaux de référence : le niveau supérieur, accessible depuis le parvis, regroupe les fonctions publiques. Le niveau bas accueille les services internes. Il est réglé sur le sillon qui traverse de part en part le socle. Minéral et abrupt dans sa partie la plus dense où les frondaisons des arbres, en surplomb, renforcent la perception du dénivelé, le sillon se fond progressivement dans le paysage intimiste et verdoyant du « petit patrimoine ». Depuis le parc qui couronne le socle, la perception est tout autre. C'est au panorama que l'on s'adresse par-delà les vallées.

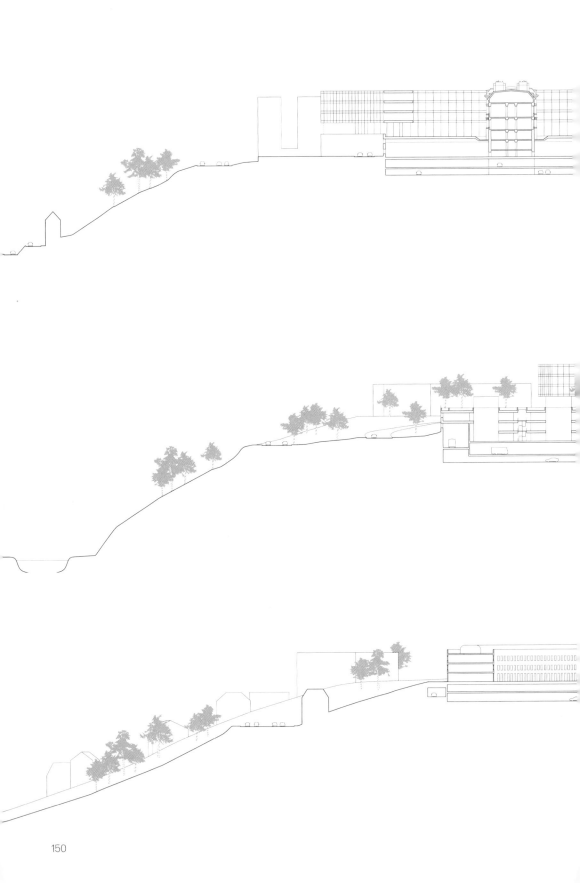

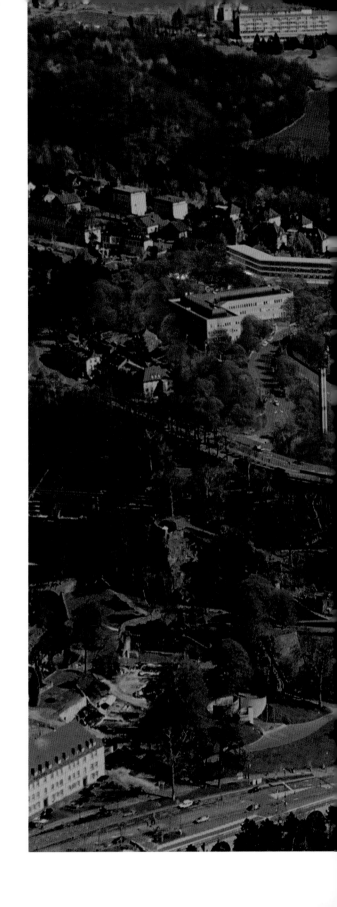

necessary linkages there, the project must find the means of widening its impact, of reaching beyond its strict physical confines and moving onto a grander scale. It must find the angle at which the requisite connections can come about. At the Maison des Adolescents [↗p.185], the aim was to make contact with the city. The fact that the building was set back from the alignment of the boulevard de Port-Royal, at this particular point, helped to create a transverse link with the Val-de-Grâce Hospital through its grounds. The break this introduces in the linearity of the boulevard underlines the presence of the hospital and heightens its urban impact. An aligned construction would clearly have ruled out such a link. In Rennes, the northern side of the Departmental Archives building [↗p.207] borders on the huge park that crosses the site from east to west. The project was developed in relation to that wide open space; and it was to expand the line of that park with a strong enough presence that we decided, from the outset, that the construction would encompass the future extension. This strategy called for a counterpart on the opposite bank so as to structure, by rebound, the empty space. The attempt failed, as everyone ended up only taking into account their own imperatives. The outcome was a collection of buildings on either side of the park, separated rather than brought together by an empty space.

INTÉGRATION.

Considérons l'environnement sur lequel on intervient comme un bien commun où chacun arrive un peu à la manière d'un étranger. La première affaire consiste à s'intégrer. Ce qui ne veut pas dire s'assimiler dans le paysage, ni se faire oublier en s'excusant d'exister. Il s'agit plus précisément de créer les liens suffisants pour se faire accepter. Cela exclut, sinon la violence, du moins la méchanceté. Il faut comprendre comment les choses fonctionnent, quelles sont les qualités essentielles des lieux, les rapports de force en présence ; comment en tirer parti. Cela suppose une certaine empathie avec le milieu, pris au sens large, mais n'implique pas la familiarité. (Il importe de rester suffisamment en retrait par rapport aux attractions exercées et se méfier de l'immédiat en ce qu'il a de vulnérable). L'objectif n'est pas de se fondre dans un système mais de trouver les moyens d'exister librement, dans un juste équilibre. Sur le parvis de la Défense, l'église Notre-Dame de Pentecôte [↗p.089] trouve dans sa différence même les conditions de son appartenance à un système qu'elle ne peut intégrer qu'en s'en distinguant. L'autonomie, ici, n'est pas indifférence. Elle est la condition nécessaire à l'intégration positive, active, de l'édifice dans une large échelle de relations. L'intégration, nous

INTEGRATION.

Let us consider the environment around our projects as a common good, which we all approach as outsiders. The first step is integration. This does not mean blending into the landscape, nor being self-effacing enough to apologise for living. More precisely, it means forging the right links to become accepted. This rules out malice, if not violence. There is a need for insight into how things work, what the essential qualities of a place are, its dynamics; and how to make the most of it all. This requires some empathy with the environment, in the broader sense, but not familiarity. (It is important to stand sufficiently far back not to be swayed by any appeal it may exert and to beware of immediacy, which entails a degree of vulnerability). The aim is not to blend into a system but to manage to exist freely within it, striking the right balance. On the parvis of la Défense, Notre-Dame de Pentecôte church [↗p.089] uses the fact that it is "different" to assert its place in a system that it can only become part of by standing out. Autonomy, here, is not indifference. It is the prerequisite for the positive, active integration of a building into a broad scale of relations. Integration, as we see it, is mindful juxtaposition. The result is an often light but never negative presence; nor is it ever fully part of its surroundings. Usually we stay very close to what is already there, and merely add to it. The extension of the Hermès Complex [↗p.167], in Pantin, is based on features of the existing structures—piecemeal construction, vertical gables, a shared open space at the heart of the block—to neutralise the impact of the built-up mass.

l'entendons comme juxtaposition attentive. Elle se traduit par une présence souvent légère, jamais négative ; jamais, non plus, réellement solidaire. Le plus souvent nous intervenons au plus près des logiques en place, par simple adjonction. Le projet d'extension des ateliers Hermès [↗p.167], à Pantin, s'appuie sur les caractéristiques des existants – la fragmentation des constructions, la verticalité des pignons, la mutualisation de l'espace libre en cœur d'îlot – pour neutraliser l'impact de la masse bâtie. Dans ces conditions, chaque fragment du projet s'emboîte très naturellement dans le paysage kaléidoscopique. Par l'artifice d'un processus de différenciation récursif, la diversité générée par le fractionnement est alors mise à profit pour donner à lire, à l'échelle du site, l'unité fondamentale de l'entité Hermès.

SINGULARITÉ.

Le territoire ne peut se comprendre à l'aune de la parcelle. Les logiques, même si elles se recoupent, y sont d'un autre ordre. L'appartenance des parties au tout suppose l'existence d'un certain nombre de

Thus each fragment of the project fits quite naturally into the kaleidoscopic landscape. Through the artifice of a recursive differentiation process, this fragmentation-generated diversity is then used to highlight, across the site as a whole, the fundamental unity of the Hermès entity.

SINGULARITY.

A broader area cannot be grasped by looking at a single plot. Even if they intersect, their rationales are of a different order. If individual parts are to become a whole, there must be a number of common denominators to ensure compatibility and foster mutual acceptance. These common denominators could, for lack of a better word, be defined as that which, at a certain level, is in the realm of the non-specific, the recurrent and the interchangeable. It is what can be shared. (Any change of scale implies redefining the field of the specific. One example is road signage, which is generic in one country but specific from one country to the next). If there is to be dialogue, we need to open up the field and avoid becoming confined in situations that are ossifying because they have been too narrowly defined. We need to step back from the context if projects are to make broad connections with their environment. The danger would be to stop there and not grasp what

dénominateurs communs qui favorisent la compatibilité des choses entre elles et leur capacité à s'accepter. Ces dénominateurs communs pourraient être définis, par défaut, comme ce qui, à une échelle donnée, est de l'ordre du non spécifique, du récurrent et de l'interchangeable. C'est la part de ce qui peut être partagé. (Tout changement d'échelle induit une redéfinition du champ du spécifique. Exemple, la signalétique routière qui constitue une donnée d'ordre générique au sein d'un pays mais devient spécifique d'un pays à l'autre). Pour échanger, il faut ouvrir le champ, ne pas se laisser enfermer dans des situations sclérosantes parce que trop étroitement définies. Il faut savoir prendre la distance par rapport au contexte qui permette aux projets d'établir de larges connexions avec leur environnement. Le danger serait de s'arrêter là et ne pas comprendre quel autre type de lien, plus intime, il importe *simultanément* de chercher à créer pour que se réalise la rencontre effective, singulière, des choses avec leur milieu. La singularité, au sens où nous l'entendons, n'est pas de nature esthétique. Elle n'est pas à chercher dans le domaine de l'original ou de l'inédit. Elle ne procède pas plus d'une quelconque appartenance communautaire ou référence folklorique qui s'imposerait de l'extérieur comme une marque d'authenticité. Tout pittoresque évacué, elle relève de la perception

other kinds of closer linkages need to be found *at the same time* to bring about a genuine and singular interaction between a project and its surroundings. Singularity, as we see it, is not aesthetic in nature. It is not necessarily linked to originality or innovation. Nor does it lie in some sense of community or folkloric reference imposed from the outside like a seal of authenticity. Leaving aside the picturesque, singularity lies in our perception of the situations we are called upon to tackle and their fundamentally distinctive features, as they appear to us. Singularity draws from the source. It has to do with the idea we have of the truth of things. Let us take an example. In terms of landscape, the city of Bordeaux derives its identity from its position on a bend in the river and how the banks differ in relation to the building patterns on each side. On the left bank, the city hugs the bend so closely along the embankment that, as François Mauriac said, it forms one immense façade. When we were invited to consider developing this embankment as part of a competition, we deliberately opted to focus on the river, basing our proposal on the need for a solution suited to the uniqueness of the site. Here, the embankment conjures up the open sea. Our idea was to keep it free, a vast esplanade on the water, introducing the densely built city in a way that heightens its features; a dramatic space that

des situations sur lesquelles il nous est donné d'agir telles qu'elles se présentent à nous en ce qu'elles ont de fondamentalement caractéristique. La singularité puise à la source. Elle a à voir avec l'idée que nous nous faisons de la vérité des choses. Exemple : l'identité de la ville de Bordeaux en termes de paysage tient à sa localisation dans la courbe du fleuve et à la différence générée par l'implantation du bâti dans la physionomie des deux berges. Sur la rive gauche, la ville a épousé son fleuve et s'est étirée le long des quais jusqu'à prendre, selon l'expression de François Mauriac, la forme d'une « immense façade ». Appelés, dans le cadre d'un concours, à réfléchir à l'aménagement des quais sur cette rive, nous avons délibérément pris le parti du fleuve, axant notre proposition sur la nécessité d'une réponse en accord avec le caractère unique de la situation. Ici, les quais appellent le large. C'est libres que nous les avons voulus, vaste esplanade sur l'eau, préalable à la ville dense qui en exacerbe les caractéristiques ; espace scénographique de la mise en perspective de la ville. Les équipements programmatiques demandés sont alors déplacés dans l'emprise même du fleuve, renouant, ce faisant, avec une tradition d'occupation du cours d'eau qui, indirectement et naturellement, rétablit le dialogue entre les deux rives. (→p.175)

NATIONAL
LIBRARY
BIBLIOTHÈQUE
NATIONALE
LUXEMBOURG

Like a phoenix rising from the ashes, the new building follows on from the old; same footprint, same volume, same construction framework. And same lay-out: a base with the main building as a superstructure. The metamorphosis is fully contained within the envelope, essentially via the light which now crosses the building from one end to the other, going right to the heart of each space through long vertical mirror-lined slits. This transforms the way the structure is perceived. The library is laid out across vast, open, peripherally glazed floors, linked together via hollowed spaces. The lower levels, embedded in the solid base, house the storage units and document-processing areas. The parvis level is the public entrance. The upper floors are dedicated to display and reading; the terrace accommodates the panoramic restaurant and administrative services. The library is accessed through the parvis. The base, slightly lowered, is brought into line with the level of the square, promoting a simple and natural relationship with the public space. This is the materialisation of the desired hierarchy between the various urban components. The Philharmonic Hall, on its pedestal, asserts its monumental presence, while the National Library enjoys direct contact with the public space to emphasise the notion of proximity it aims to promote.

Tel le phénix, un nouveau bâtiment succède à l'ancien; même emprise, même volume, même trame constructive. Même partition en un socle et un corps de bâtiment en superstructure. La métamorphose est toute contenue dans l'enveloppe. Elle passe essentiellement par la lumière qui traverse dorénavant le bâtiment de bout en bout et pénètre au cœur des espaces par de longues failles verticales que bordent des miroirs. La perception des lieux s'en trouve radicalement transformée. La bibliothèque s'organise sur de vastes plateaux libres vitrés en périphérie et reliés par les vides. Les niveaux inférieurs, dans le socle massif, reçoivent les stockages et les espaces dédiés au traitement des documents. Le niveau du parvis est celui de l'accueil du public. Les plateaux supérieurs sont dévolus à la présentation et à la consultation; la terrasse réservée au restaurant panoramique et à l'administration. On accède à la bibliothèque dans le prolongement du parvis. Le socle, légèrement surbaissé, règne dorénavant avec le niveau de la place, favorisant une relation simple et naturelle avec l'espace public. La hiérarchie voulue entre les différentes composantes urbaines se concrétise. Le Philharmonique, sur son piédestal, assume sa monumentalité, tandis que la Bibliothèque nationale se prévaut d'un contact direct avec l'espace public pour signifier la notion de proximité qu'elle entend valoriser.

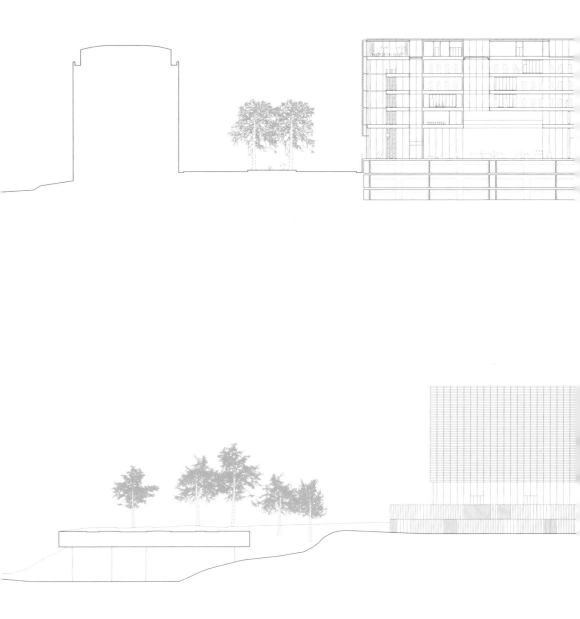

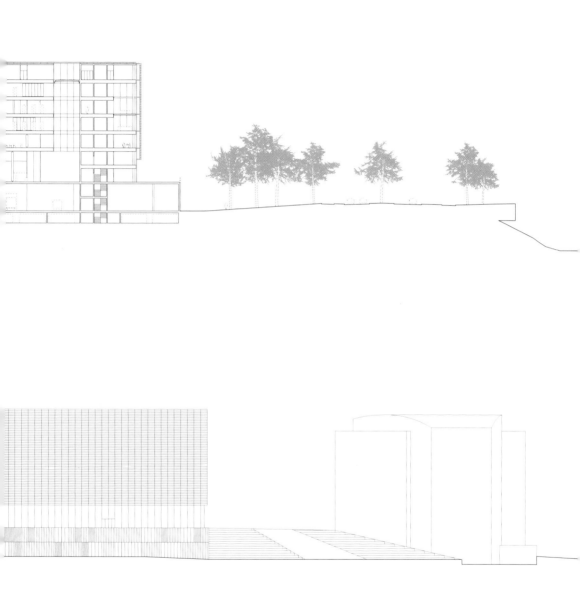

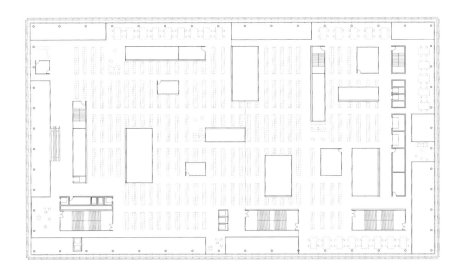
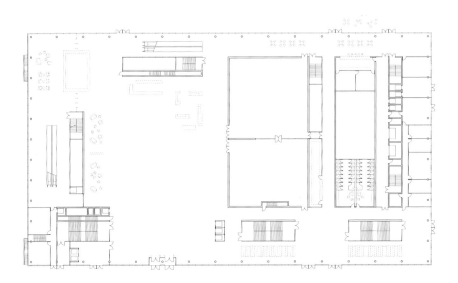

HERMÈS STUDIOS CITÉ HERMÈS PANTIN

The aim of the project was to bring together in one site, in Pantin, the twelve crafts historically housed at the Hermès headquarters, on the Rue du Faubourg-Saint-Honoré, in Paris. The site comprises a series of independent plots purchased over time on the same large block, characterised by a lack of uniformity, a range of different scales and piecemeal construction. It is dominated by the Pyramide building, the first attempt at bringing the company together back in 1988. Factored into the project was the indistinct urban landscape, the vacuity at the heart of the block and the aesthetics generated by the vertical height of the gables around its edge. The Pyramide, which launched the story of Hermès in Pantin, remains at the heart of the project, the plan being to add satellites dotted around the site and linked via a large embedded base. Unity is achieved via this simple, sweeping horizontal gesture linking the various parts while absorbing, in terms of infrastructure, half of the constructed mass. The buildings—or superstructure—have all been approached with the same rationale: they back onto the existing structures, open onto the street and look towards the central courtyard, which orients them transversely; they were also designed in compliance with urban rules, which lend them their unusual stature. The bases of the buildings are "irrigated" by the plateau. Around it are the main general services, meeting rooms and cafeteria, as well as the leather-cutting workshops, as crafts are the major focus here. The centre is left bare. It forms the main communication axis for people, as well as the ideal spot for exceptional events such as catwalk shows and launch of annual collection themes. Viewed from a low-angle, the Hermès Complex reveals itself to be a perfect example of unity and diversity. The slender buildings are interwoven so closely into the fabric of their environment that they blend in perfectly while at the same time asserting, distinctly, by a recurring process, that they are very much a part of the base that links them.

Le projet vise à rassembler sur un seul site, à Pantin, les douze métiers historiquement réunis au sein de la maison mère, rue du Faubourg Saint Honoré. Le site est constitué d'un ensemble de parcelles indépendantes, acquises au fil du temps, sur un même grand îlot que caractérisent son hétérogénéité, la disparité des échelles et le morcellement du bâti. Il est dominé par le bâtiment dit Pyramide, première tentative de regroupement de la société en 1988.
Le projet tient compte du caractère incertain du paysage urbain, de la qualité de la vacuité du cœur d'îlot et de l'esthétique générée par la verticalité des pignons qui le bordent. La Pyramide, où démarre l'histoire d'Hermès à Pantin, reste au cœur du dispositif. Le projet lui adjoint des satellites disséminés sur le site et reliés par un large plateau encastré dans le sol. L'unité du lieu est réalisée par ce simple et ample geste horizontal qui rattache entre elles les parties tout en absorbant, en infrastructure, la moitié de la masse construite. Les bâtiments, en superstructure, suivent une logique commune : adossement à l'existant, accroche sur la rue et recherche d'une centralité en cœur d'îlot qui les oriente transversalement ; soumission aux règles du prospect, enfin, qui leur confère leur gabarit si particulier.
Le plateau irrigue la base des constructions. Il accueille, en sa périphérie, les principaux services communs, salles de réunions, cafétéria, mais aussi les ateliers de coupe du cuir, le travail étant, ici, une valeur revendiquée. Son centre reste libre.
Il constitue l'axe majeur de communication entre les personnes, au quotidien, et le lieu privilégié des évènements tels les podiums ou les fêtes de lancement du thème annuel des collections. Vue d'ici, en contre plongée, la cité Hermès s'appréhende à la fois dans son unité et sa diversité. Les minces constructions où logent les métiers, intimement imbriquées dans leur environnement au point de sembler s'y fondre affirment dans le même temps, distinctement, par la récurrence du processus, leur appartenance au socle qui les relie.

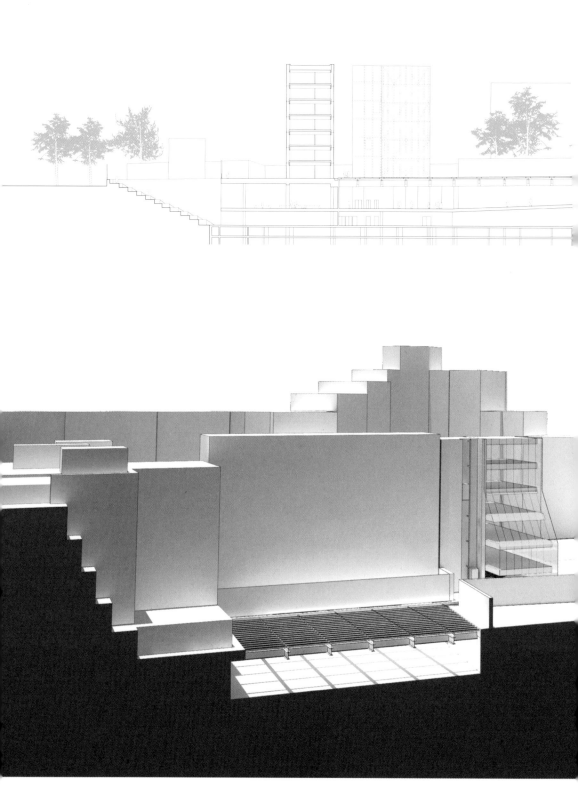

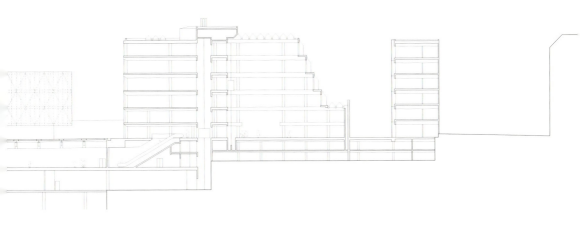

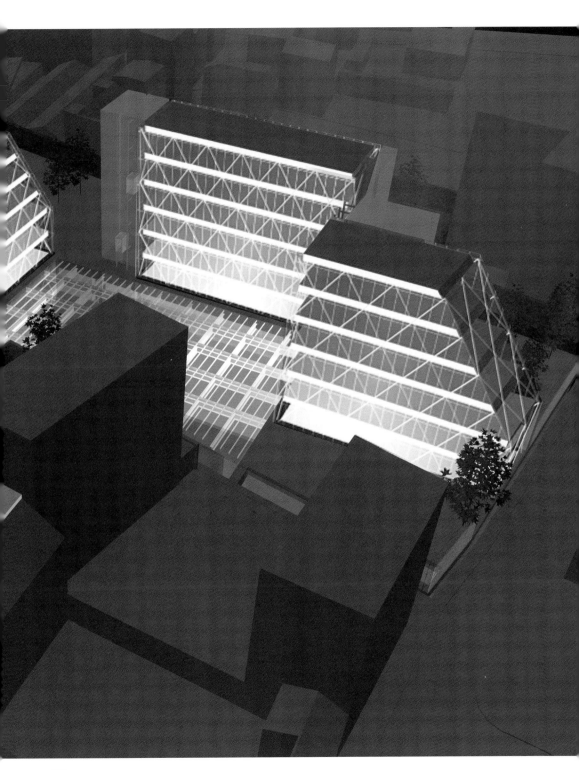

puts the city into perspective. The requisite facilities were therefore moved right down to the waterfront, reviving the tradition of living upon our rivers and, indirectly and naturally, restoring a dialogue between the two banks.

THE PROGRAMME.

Initially, a programme is a set of quantitative data to be addressed in a purely objective way. The wording needs to be read carefully; it should be memorised and therefore readily conjured up in one's mind. We need to be able to juggle freely with the data. Once they are assimilated, we can free ourselves from any constraints. Only then can the mind operate in a fluid manner. Apart from objective specifications, any programme contains—between the lines—expectations relating to the building's use which in many cases express an underlying ideology, generally linked to how users should interact within the place. These preconceived ideas, often stated with the best of intentions and word for word (as well as comma for comma) from one programme to the next, trivialise programme content and are terribly reductive. For the Maison des Adolescents [↗p.185], for instance, the programme was based on an ill-disguised hospital template which would logically have led to a compact building around an inner courtyard, designed to facilitate the monitoring of residents and minimise staff movements. It was not that far

LE PROGRAMME.

Au départ, le programme est un ensemble de données quantitatives que l'on aborde de façon purement objective. Il nous faut lire le texte attentivement; le connaître par cœur pour être en mesure de se le représenter mentalement. Il nous faut pouvoir jongler librement avec les données. C'est en les assimilant que l'on s'abstrait des contraintes. Alors seulement, devient possible l'exercice fluide de la pensée. Au-delà des prescriptions objectives, il y a dans tout programme, en creux, une réponse attendue sur l'usage des lieux qui exprime souvent une idéologie latente, généralement axée sur le type de relations que doivent y entretenir les utilisateurs. Ces idées reçues, souvent énoncées avec les meilleures intentions du monde et que l'on retrouve d'un programme à l'autre avec les mêmes mots, à la virgule près, en banalisent et en réduisent terriblement le contenu. Ainsi, pour la Maison des adolescents [↗p.185] le programme était-il issu d'un modèle hospitalier à peine maquillé qui conduisait, logiquement, à un bâtiment compact en tour de cour pour faciliter la surveillance des pensionnaires et minimiser les déplacements des personnels. Le modèle carcéral n'était pas loin.

removed from a prison template. One of the requirements was the use of colour to suit the supposed tastes of teenagers, with a preference for pastels as these are said to have a calming effect. The fact that the building was inward-turning was, in a way, consistent with the notion of isolation which long prevailed in the treatment of illnesses like anorexia. Being outside the system, we enjoy a freedom of opinion that prompts us systematically to test the relevance of the programmes submitted to us and try to avoid conforming to the "implied" template if it does not appear warranted. As we disagreed with what the brief implied, we based the Maison des adolescents project on the idea that openness and interaction with the city would be most beneficial to the project. Once we had opted for this and made it a priority, the rest followed on naturally: the building would stretch the whole length of the very linear site to maximise the scope for dialogue with the boulevard, passages would be placed along the façade to foster synergy between urban flows and indoor movements, and transparency and reflections would make the system more porous. Right down to the colour of the glazing, in osmosis with the foliage. And the roof terrace, overlooking the site, where the residents can physically, freely start to interact again with the outside world. The programme per se is of interest to us. It is at the root of the project, which will not merely try to accommodate or express function but will take it forward until its potential is fulfilled, or exhausted.

La couleur y était préconisée pour répondre aux goûts supposés des adolescents et devait être choisie dans des tons pastel que l'on dit apaisants. Le repli du bâtiment sur soi était, d'une certaine façon, cohérent avec la notion d'isolement qui a longtemps prévalu dans la thérapie des maladies telles que l'anorexie. Le fait d'être extérieurs au système nous confère une liberté d'appréciation dont nous faisons usage systématiquement pour tester la pertinence des programmes soumis et tenter d'échapper au modèle induit lorsque celui-ci ne semble pas justifié. Prenant alors à contre-pied le texte, nous avons basé le projet pour les adolescents sur l'hypothèse d'une ouverture salutaire des lieux sur la ville. Ce postulat retenu et établi comme une priorité entraîne le reste : l'étirement du bâtiment sur tout le linéaire disponible pour maximiser la surface d'échange avec le boulevard, la disposition des circulations en façade pour établir les conditions d'une synergie entre les flux urbains et les déplacements internes, les transparences et les reflets qui exacerbent la porosité du système. Jusqu'à la couleur des vitrages, en osmose avec les frondaisons. Et la terrasse, en surplomb sur le site, où les

FUNCTION.

We expect a building to function properly. This is a crucial prerequisite. It is only once the functional issues have been resolved that a project can be developed in its entirety. While it is undeniable that efficient functioning determines quality, a project cannot usually be reduced to function alone, which we see as just one of the parameters shaping it. Consequently, function will not be shown in its own right, as an aim in itself, but actively used to take the project forward. Viewed from that angle we are not, strictly speaking, functionalists. The administrative facilities at Porte Pouchet [↗p.251] house workshops and a fire-station. Fire-engine access from the Paris ring-road determines the location of the garages beneath the existing football pitch and of uses on the superstructure along the ring-road. The main aim, here, is not to express the site's function, although it is highly significant, but to create the right conditions for potential interaction despite the terrible split caused by the ring-road. Function is approached with this end in mind and the programme is completed in order to provide the alibi that allows the stated

pensionnaires retrouvent physiquement, librement, le contact avec l'extérieur. Le programme nous intéresse en soi. Il est à l'origine du projet, lequel ne se contentera pas d'accueillir la fonction, voire de l'exprimer, mais poussera son utilisation jusqu'à l'accomplissement – ou l'épuisement – de son potentiel.

LA FONCTION.

On attend d'un bâtiment qu'il fonctionne correctement. C'est un préalable absolu. C'est à partir de la résolution fonctionnelle que s'élabore le projet dans sa cohérence globale. Si l'efficacité du fonctionnement en détermine indéniablement la qualité, un projet n'est cependant généralement pas réductible à sa fonction ; laquelle n'en constitue, pour nous, qu'un des paramètres. La fonction, de ce fait, ne sera pas révélée pour elle-même, comme un but en soi, mais activement utilisée dans le sens du projet. Vu sous cet angle, nous ne sommes pas, à strictement parler, des fonctionnalistes. Le Centre technique de la porte Pouchet [↗p.251] accueille des ateliers et une caserne de pompiers. L'accessibilité des camions depuis le boulevard périphérique y détermine le positionnement des garages sous le terrain de football existant et l'implantation des usages en superstructure le long des voies. La volonté première, dans ce contexte, n'est pas d'exprimer la fonction pourtant très prégnante du lieu, mais de créer les conditions d'une possible ouverture à même de favoriser les échanges par-delà la terrible césure que constitue le périphérique.

aim to be achieved. The superstructure is split in two, horizontally. Between the sections, an actual void runs the full length of the building, justified by the benefits and added value, on this highly constrained site, of having a protected outside space, available for use by the fire brigade for physical training. Building use is made apparent by transparency through tall glazed balustrades, thereby reintroducing the notion of sharing along the road. The effect is enhanced by a mirror overhanging the void, which activates visual interaction between the two sides of the ring road. While a project uses the way a building functions for purposes other than expressing function, the latter is not absent. It always transpires, one way or another. There is never any cheating involved here, even if some projects are more explicit than others in that regard; one example is Rennes, at the Departmental Archives of Ille-et-Vilaine [↗p.207], where function is taken to the level of representation. An archive building is largely determined by the way it functions, characterised by a clear separation between public and private and document flow organised like an itinerary. Here, the building is designed precisely to reflect the flow chart on which it is based. The public spaces are located in a horizontal base, while storage is delineated vertically in the landscape. The empty storage units that prefigure the future extension are picked out with light, as if in anticipation; the inner passages are

Le fonctionnement est exploité à cette fin et le programme complété pour fournir l'alibi qui va permettre de réaliser l'objectif fixé. Le bâtiment en superstructure est scindé en deux parties, à l'horizontale. Entre les deux, un vide est libéré sur toute la longueur, justifié par la plus-value que constitue le bénéfice, sur ce site très contraint, d'un espace extérieur protégé ; espace offert aux pompiers dont il constituera la surface d'entraînement. L'usage est alors donné à lire par transparence au travers des hauts garde-corps vitrés, réintroduisant, le long des voies, la notion de partage. Le phénomène est amplifié par l'effet d'un miroir en surplomb du vide, qui active la relation visuelle entre les deux rives du périphérique. Si le projet utilise le fonctionnement à d'autres fins qu'à l'expression de la fonction, celle-ci n'est cependant pas trahie. Elle transparaît toujours, d'une façon ou d'une autre. Il n'y a jamais de tricherie sur le sujet, même si certains projets sont plus explicites que d'autres sur la question ; à Rennes, par exemple, où, dans le cadre des Archives départementales d'Ille-et-Vilaine [↗p.207], la fonction est portée au rang de représentation. Un bâtiment d'archives est déterminé dans une large mesure par un fonctionnement que caractérisent une stricte séparation du public

placed on the outside so that the staff's own movements form the visible link between the archives and the reading room below. At the Lille Museum of Fine Arts [↗p.053], any event that occurs in the area covered by the extension façade actually enters the figurative painting space and plays a part in its composition. These include the people on the parvis reflected by the mirror, for instance, or those using the corridor along the façade. The double transparency in front of the restoration workshop reveals the life-size work of art, on its easel, at the centre of the arrangement; the painting is accordingly a veiled mise en abyme.

THE PLANS.

In many cases, the search for functional clarification in the project ends in more autonomous functions and, as a result, far simpler plans. The constraints are not distorted: a corridor will, as far as possible, be linear; living spaces are, or should be, at right angles and the plan will be symmetrical if symmetry proves to be the best way of balancing functions and minimising service access. There will be no special effects in some

et du privé et un circuit du document organisé sur le principe de la marche en avant. Ici, le bâtiment est précisément conçu de manière à refléter l'organigramme dont il est issu. Les espaces accueillant le public sont contenus dans un socle horizontal, tandis que les stockages sont campés à la verticale dans le paysage. Les vides des cellules qui préfigurent l'extension future sont soulignés par la lumière, comme une attente; les circulations internes, extériorisées de manière à ce que le propre parcours du magasinier constitue le lien lisible entre les magasins et la salle de lecture, en contrebas. Au Palais des beaux-arts de Lille [↗p.053], tout événement qui interfère dans l'emprise de la façade de l'extension entre, de fait, dans l'espace de la représentation du tableau et participe à sa composition. Les personnes présentes sur le parvis que reflète le miroir, par exemple, ou celles qui empruntent la circulation le long de la façade. La double transparence au droit de l'atelier de restauration donne à lire l'œuvre d'art à l'échelle réelle, sur son chevalet, au centre du dispositif; mise en abîme du tableau en forme de clin d'œil.

LE PLAN.

La clarification fonctionnelle recherchée aux fins du projet aboutit souvent à une autonomisation des fonctions avec, pour conséquence, une grande simplicité du plan. Les contraintes ne sont pas biaisées: un couloir sera, dans la mesure du possible, linéaire; les pièces habitables, sauf erreur, à angle droit, et le plan symétrique, si la symétrie s'avère être le meilleur moyen d'équilibrer les

attempt to pervert function or complicate functioning. That is of no interest to us. On the contrary, we focus on what makes each component distinctive, for instance the linearity of a corridor or the potential quality of a right angle. Alive to the intelligence of a plan, the clarity of a footprint and the precision of a drawing, we are undeniably part of a great French tradition.

STRUCTURE.

In many cases, the structure that has traditionally governed building lay-out is ultimately just a construction constraint from which we need to stand back, unless it can be of use to us. Our buildings are not commonly organised on a hierarchical basis. Or rather, hierarchies are not conventional with us. There are generally no technical feats in our projects and structural authenticity is respected. Structure is simply not asserted. It is there, where it should be, and that is all. The various elements are on a par with each other and thereby neutralised. Occasionally, relatively complex structural solutions are required. In that case, the effort required is not brought to the fore. It is never visible. It is of no interest to us per se and should not interfere with one's appreciation of the project. At the Lille Museum of Fine Arts [↗p.053], where the aim was to portray the idea of a painting, rising in front of the extension façade,

fonctions et de minimiser les dessertes. Pas d'effets particuliers dans une quelconque perversion de la fonction ou complication du fonctionnement. Cela ne nous intéresse pas. C'est au contraire l'affirmation de chaque composante en ce qu'elle a de caractéristique qui retiendra notre attention ; ainsi de la linéarité d'un couloir ou de la potentielle qualité d'un angle droit. Sensibles à l'intelligence du plan, à la limpidité des emprises, à la clarté, à la précision des tracés, nous nous inscrivons là indiscutablement dans une grande tradition française.

LA STRUCTURE.

La structure qui traditionnellement régit l'ordonnancement du bâti n'est bien souvent, finalement, qu'une contrainte constructive que l'on s'efforcera de mettre à distance pour peu qu'elle ne nous soit pas utile. Nos bâtiments sont peu hiérarchisés. Les hiérarchies, du moins, n'y sont pas conventionnelles. Il n'y a généralement pas de prouesse technique dans les projets et la vérité structurelle est respectée. La structure n'est tout juste pas affirmée. Elle existe, là où elle doit être, sans plus. Les éléments sont traités sur un même plan et de la sorte neutralisés. Parfois, des solutions structurelles relativement complexes s'imposent. L'effort, alors, n'est pas mis en avant.

nothing was supposed to signify the solemnity of the building or even its prosaic scale. We opted for a solid wall, a simple, traditional concrete shear wall, a single surface spanning the entire breadth of the site, set back but perfectly balanced with that of the façade and forming a backdrop on which we placed golden monochromes on a red background. The functional elements are incorporated, and absorbed by the colour. Meanwhile the curved structure of the façade disappears into the light. All that is outlined, in levitation, are the two floors, one above the other, drawing the eye. In Strasbourg [↗p.259], on the other hand, the structure is intentionally left visible. It signifies the process of extending the building by strictly continuing the original matrix and incorporating the project into the horizontal expansion logic of the landscape.

SYSTEMS.

Our buildings are designed as systems. In many cases they merely act as frames on which the eye hardly dwells before moving on to look at the fields of action, or rather attraction, they generate. The important point, then, is how the place is made to resonate. Lille Museum of Fine Arts [↗p.053]: the façade of the museum's extension comprises a skin of clear glass with silkscreen-printed mirror points. Through transparency and reflection, the system is actually based on a depth of field stretching from the red and gold vertical surface delineating the corridor on the inside to the actual façade of the old Museum, further up. Also present in that field, incidentally, are the onlookers standing on the parvis or walking along the corridors, beyond the mirror. Two vertical surfaces, one glass

> Il n'est jamais visible. Il ne nous intéresse pas en tant que tel et ne doit pas interférer dans la lecture. À Lille, où il s'agissait d'exprimer, au droit de la façade de l'extension du Palais des beaux-arts [↗p.053], l'idée du tableau, rien ne devait signifier la gravité, ni même l'échelle prosaïque du bâtiment. La portée est résolue au moyen d'une paroi pleine, un simple voile béton traditionnel, un plan unique sur la largeur du site, en retrait mais en parfaite correspondance avec celui de la façade et qui constitue le fond de perspective au droit duquel sont disposés les monochromes or sur fond rouge. Les éléments fonctionnels y sont inclus, absorbés par la couleur. La structure galbée de la façade disparaît, elle, dans la lumière. Seuls, alors, se détachent en sustentation les deux plans superposés qui focalisent le regard.
> À Strasbourg [↗p.259], inversement, la lisibilité de la structure s'impose. Elle signifie le processus d'extension du bâtiment par strict prolongement de la matrice originelle et inscrit le projet dans la logique de dilatation horizontale du paysage.

and the other concrete, staggered by the width of a corridor and traced perfectly and geometrically onto the outline of the existing building, ultimately suffice to depict the action. With regard to the system, people can be further up (on the parvis, in the Museum of Fine Arts or in the street), between the two surfaces (in the corridor) or further down (in the conservation area). In any case, they interact with the building, be it directly or at a distance, physically or virtually. In so doing, they play a part in its constant renewal.

THE FAÇADE.

There was a time when the act of building was confined solely to traditional techniques, which were endlessly repeated but for the most part avoided becoming commonplace for they could never be reduced to the technique per se, but were always guided by a higher, perceivably coherent law. The reason why mass production has now become so very commonplace is not the development of some technique or other (curtain wall façades, for instance) or the enforcement of standard regulations, too numerous to list. It is far more likely to be the introduction

DISPOSITIFS.

Nos bâtiments sont conçus comme des dispositifs. Ils jouent souvent à la façon de simples cadrages sur les contours desquels on ne s'attarde guère, mais dont on s'affranchit pour s'intéresser aux champs d'action ou plus exactement aux champs d'attraction qu'ils génèrent. L'important consiste, alors, en la façon dont s'établit la mise en résonance des lieux. Palais des beaux-arts de Lille [↗p.053] : la façade de l'extension du musée est constituée d'une peau de verre clair où est apposée une sérigraphie en points miroir. Par l'effet de la transparence et du reflet, le dispositif, en réalité, concerne une profondeur de champ comprise entre le plan vertical rouge et or, qui délimite en intérieur le couloir, et le nu de la façade du vieux Palais, en amont. Champ dans lequel interfèrent, incidemment, le regardeur, sur le parvis, et toute personne circulant dans les coursives, au-delà du miroir. Deux plans verticaux, l'un en verre l'autre en béton, décalés de la valeur d'un couloir et parfaitement réglés géométriquement sur l'épure des existants suffisent, finalement, à camper l'action. On se situe, par rapport au dispositif, en amont (sur le parvis, dans le Palais des beaux-arts ou dans la rue), entre les deux plans (dans la circulation) ou en aval (dans les locaux de la conservation). Dans tous les cas, directement ou à distance, physiquement ou virtuellement, on agit sur le lieu. On opère, ce faisant, sa perpétuelle actualisation.

of a general process based on restriction, or even exclusion: compartmentalisation, a disconnect between things and their context, aspirations reduced to the bare essentials. And, last, a declining interest in the "container" whose main advantage (except for the possible occurrence of an event, which would be codified and trivialised because of its iconic nature) will be the fact that it is neutral and interchangeable, promoting function which is in turn reduced to functioning alone. It is this simplification of aims by successive reductions that foreshadows the impoverishment of architecture. Thus façades are being determined by a flexible frame, a 1 m-high apron wall and a heat loss coefficient. To create that special feel, there may be some ornament. A matter of culture. To cite a counterexample, the forerunner of the curtain wall is the stained glass window of a Gothic cathedral. Here, for the first time in history, a building's enclosure no longer had a load-bearing function. This newfound freedom was used to serve an idea: asserting that light was the presence of God. Natural or transformed light, enshrouding, protective light; changing and cyclical light, a symbol of life and eternity, a source of knowledge. The diffraction, reflection and distillation of light are used all at once to embody the idea and, to echo the liturgy, achieve the transfiguration of the building; a sublime balance between a material, its use and an aspiration, brought together to create the unspoilt

LA FAÇADE.
Il fut un temps où l'acte de construire passait exclusivement par des techniques traditionnelles, inlassablement répétées mais qui échappaient dans l'ensemble à la banalité car jamais réductibles à elles-mêmes, toujours portées par une loi supérieure dont on percevait la cohérence. La cause de la banalisation, bien réelle, de la production de masse, aujourd'hui, n'est pas à chercher dans le développement de telle ou telle technique (le mur-rideau en façade, par exemple) ou dans l'application de règlements unificateurs, trop nombreux pour être cités, mais beaucoup plus sûrement dans la mise en place d'un processus global fondé sur la restriction, voire sur l'exclusion : une sectorisation des enjeux, une déconnexion des choses par rapport à leur contexte, une réduction a minima des objectifs fixés. Une forme de désintérêt pour le contenant, enfin, dont la qualité première (à l'exception que constitue l'éventuel événement, lui-même codifié et banalisé dans sa qualité d'icône) sera d'être neutre et interchangeable, au service de la fonction à son tour réduite au seul fonctionnement. C'est cette simplification des objectifs par réductions successives qui annonce l'appauvrissement

beauty of our cathedrals. The façade is where exchange occurs. Increasingly finer and more protective, it can be likened to skin in the way it wraps around the body. Increasingly sophisticated too, it controls within the space of a few centimetres, or even millimetres, exchanges with the environment. Curtain walls, because they envelope, might enclose. But the fineness of the envelope and the permeability afforded by transparency open up the field. Perception gains in depth. So it is not so much the materiality of the membrane that interests us but the kind of relation it fosters between both sides of the fine boundary that it forms; and the way it helps spaces to resonate with one another. Light crosses boundaries; it carries, projects, outlines, diffracts, reflects, colours or takes on colour and vibrates. It is embodied in shadows or in beams of particles whose movement and intensity imprints the mark of time onto space. To exist, it has to confront matter. Opaque matter that absorbs and reflects; transparent or translucent matter whose texture, sheen and colour modulate its diffusion ad infinitum. Light, you will have guessed, is our raw material; façades are its field of play.

de l'architecture. La façade est alors déterminée par la trame de polyvalence, l'allège à 1 m, et le coefficient de déperdition thermique. Le supplément d'âme étant, le cas échéant, rapporté sous forme décorative. Question de culture. Contre-exemple : l'ancêtre du mur-rideau est le vitrail de la cathédrale gothique. Là, pour la première fois dans l'histoire, la clôture de l'édifice est libérée de sa fonction porteuse. Cette autonomie nouvelle est mise au service d'une idée : l'affirmation de la lumière comme présence de Dieu. Lumière naturelle ou transfigurée ; lumière enveloppante, protectrice ; lumière changeante et cyclique, symbole de vie et d'éternité, source de connaissance. Diffraction, réflexion, distillation de la lumière sont mises à contribution dans un même élan pour donner corps à l'idée et accomplir, en écho à la liturgie, la transfiguration des lieux ; sublime adéquation entre le matériau, sa mise en œuvre et l'objectif fixé qui fait la beauté inaltérée des cathédrales. La façade est le lieu privilégié de l'échange. De plus en plus fine et protectrice, elle se rapproche de la peau dans sa façon d'envelopper le corps. De plus en plus sophistiquée aussi, elle contrôle sur quelques centimètres, voire quelques millimètres, les échanges avec son environnement.
Le mur-rideau, en enveloppant, pourrait enclore. Mais la finesse de la peau et les perméabilités qu'offrent les transparences ouvrent le champ. La perception gagne en profondeur. Ce n'est plus, alors, la membrane dans sa matérialité qui nous intéresse mais la nature (→ p. 233)

TEENAGER
HOSPITAL
   MAISON
   DES
   ADOLESCENTS
PARIS

To reach the Maison des Adolescents, turn into Boulevard de Port-Royal as you leave the RER station. When you reach a break in the line of buildings, you are there. In fact, the building can be seen from a distance thanks to the open vista. The aim here was to create a building that would make the most of this exceptional site, namely a 120-sqm strip along the Boulevard, and enable its in-patients to remain in touch with the outside world. The building, resolutely turned towards the city, stretches from one end of the plot to the other, leaving the Cochin Hospital slightly in the background. The break it forms in the building line heightens its ability to capture urban life while at the same time maintaining that all important distance required to preserve the teenager's privacy. In the open space at the front, trees have been planted to extend the original line of trees. The entrance hall blends seamlessly into the esplanade. It feels welcoming. Open, transparent, directly linked to the street, it is a prime position to observe urban life. Although the way the building stretches along the Boulevard and forms a break with it are the founding principles of its design, it also needed to reach beyond that to be more than just a witness to city life. The network of corridors is located just behind the façade, making residents—as they move from one place to the next—part of the urban dynamics. The façade, with its repetitive series of delicate metal sections, is abstract enough to foster and facilitate smooth interaction. Its transparency and mirror-like effect help to continuously blur the confines. The green film on the windows captures the moving mass of foliage, green on green. The penetration of light is materialised by colour. At the top of the building, you step out onto a large rooftop terrace overlooking the urban landscape. High above the city and its hubbub, removed from everyday concerns, it provides a shelter for the in-patients, who feel free yet protected.

Pour vous rendre à la Maison des adolescents, vous longez le boulevard de Port-Royal en sortant du RER.
À l'endroit où le bâti s'infléchit, vous êtes arrivé. Vous la voyez de loin, du reste, dans la perspective dégagée. L'objectif, ici, était d'offrir un lieu qui, tirant parti du site dans ce qu'il a de proprement exceptionnel, ses 120 mètres de linéaire sur le boulevard, permette aux jeunes malades internés de rester en contact avec l'extérieur. Le bâtiment s'étire alors d'un bout à l'autre de la parcelle et s'oriente délibérément vers la ville, laissant en retrait l'hôpital Cochin. L'inflexion qu'il s'autorise par rapport à l'alignement exacerbe la capacité du lieu à capter l'animation urbaine tout en ménageant la distance nécessaire à l'intimité des adolescents. Des arbres prolongent, dans l'espace libéré, les plantations d'alignement. Le hall d'accueil se situe dans la continuité de l'esplanade. Il est invitation à entrer. Ouvert, transparent, en prise directe avec la chaussée, il se situe aux premières loges par rapport à la scène urbaine. Si l'étirement du bâtiment sur le boulevard et son inflexion constituent bien l'acte fondateur du lieu, il fallait cependant pousser l'idée pour dépasser, là, le simple spectacle de la ville. Les circulations sont alors disposées le long de la façade, les pensionnaires impliqués physiquement, lors de leurs déplacements, dans la dynamique urbaine. La façade, par la répétitivité des profilés, leur finesse, offre l'abstraction nécessaire à la fluidité des échanges. La transparence et le reflet y créent une constante ambiguïté sur les limites. Les films verts du vitrage captent la masse mouvante des frondaisons, ton sur ton. La pénétration de la lumière est matérialisée par la couleur. Au sommet du bâtiment, c'est une large terrasse que l'on découvre, d'où l'on domine le paysage. Surplombant la ville et son brouhaha, détaché des contingences, on se sent ici en sécurité, libre et protégé à la fois.

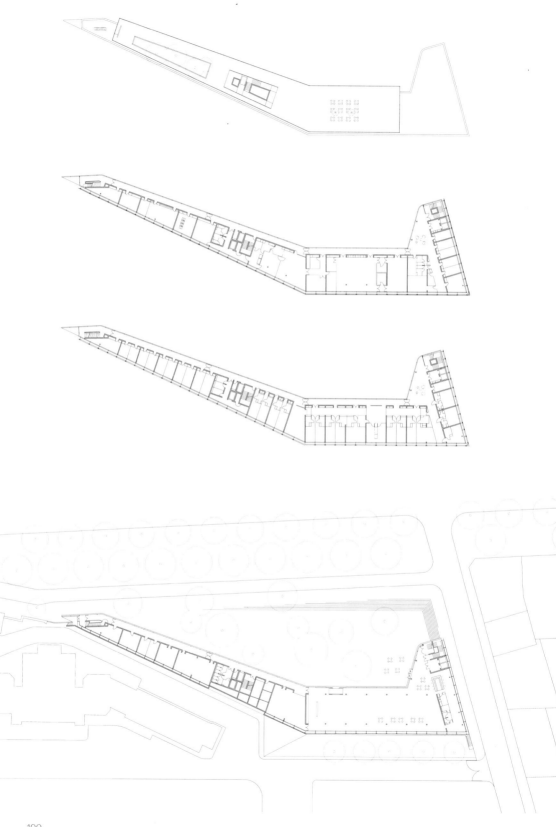

DEPARTMENTAL
ARCHIVES
    ARCHIVES
    DÉPARTE-
    MENTALES
RENNES

Archives are the memory of times past, as well as the records. The archives building in Rennes embodies a system where function—which takes on aesthetic qualities here—becomes a symbol. It comprises two distinct parts: one is dedicated to document flow, a vertical shape in the landscape, while the other is for public use only, along a horizontal axis from the parvis. The program relates to a specific timeframe, namely twenty years with a stock of additional years that will warrant an extension. That possibility is clearly reflected in the building itself. The starting point was the archive box, which governed the size of the shelving, which in turn governed the size of the racks as well as the storage units. The units are added vertically and throughout the width of the plot, leaving some gaps for the future extension. These empty spaces, created in the linear arrangement, are enclosed with translucent sidings, whose transient appearance—exacerbated by the vibrating light—contrasts with the density of the storage units. The grid on the façade itself is like a subgrid of the unit, repeated ad infinitum. The system switches to the horizontal to generate a series of negative and positive spaces accommodating all the public facilities, arranged in repetitive sequences on either side of the patios. Two impenetrable worlds lie adjacent and come together in the reading room. Its transparency allows visitors confined to the secure area to see behind the scenes. They get a sense of the pace of life in the archives from the shuttling back and forth of carts in the galleries up above. They can also isolate themselves, to concentrate on their reading or immerse themselves in the images of magnolias reflected endlessly in the mirrors. This record of bygone times, the building's main function, thus finds an expression in this approach based on repetition. An inexorable repetition that symbolises the linearity of archiving and systematically marks every component of the project.

Mémoire des temps passés, les archives en sont aussi la comptabilité. Le bâtiment d'archives, à Rennes, est la matérialisation d'un organigramme où la fonction, sublimée, prend valeur de symbole. Il se compose de deux parties distinctes, l'une dédiée au circuit du document, donnée à lire à la verticale dans le paysage, l'autre réservée au public, calée dans le prolongement horizontal du parvis.
Le programme porte sur un temps donné : vingt ans fermes et un stock d'années supplémentaires, devant faire l'objet d'une extension. Ce futur, le bâtiment l'exprime d'emblée comme une potentialité.
Au départ, il y a la boîte d'archives qui conditionne la tablette, laquelle conditionne à son tour le rayonnage, puis la cellule. On additionne les cellules à la verticale et sur toute la largeur du site, ménageant quelques absences en prévision de l'extension.
Les vides ainsi créés dans le linéaire construit sont clos par des bardages translucides dont le caractère transitoire – qu'exacerbe la vibration de la lumière – se lit en décalage dans la massivité des stockages. La trame de la façade, elle-même, est une sous-trame de la cellule invariablement répétée. Le système se retourne à l'horizontale pour générer une succession de pleins et de vides qui accueillent les différentes fonctions dédiées au public, disposées en séquences répétitives de part et d'autre des patios. Deux univers étanches se côtoient, dont le point de jonction est la salle de consultation. Le visiteur, cantonné dans l'enceinte sécurisée, en perçoit, par transparence, les prolongements. Il ressent le rythme de la vie des archives à la fréquence des chariots qui circulent à l'aplomb, sur les coursives. Il peut s'en abstraire aussi, se concentrer sur son ouvrage ou se perdre dans les reflets, sur les miroirs, des magnolias, à l'infini. La comptabilité du temps passé, fonction première du lieu, trouve ainsi son expression dans une formulation qui joue sur la répétitivité. Répétitivité inexorable signifiant la linéarité du processus d'archivage et que le projet décline systématiquement dans toutes ses composantes.

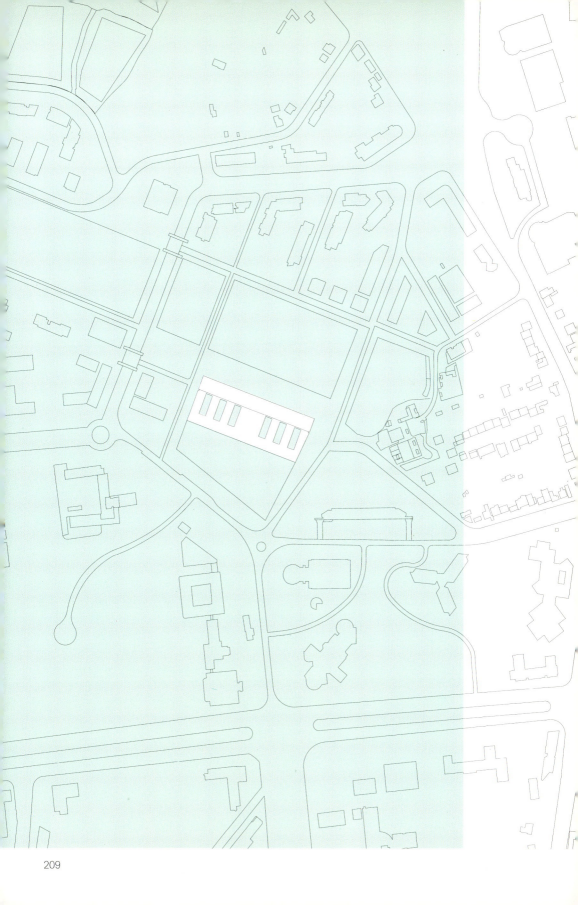

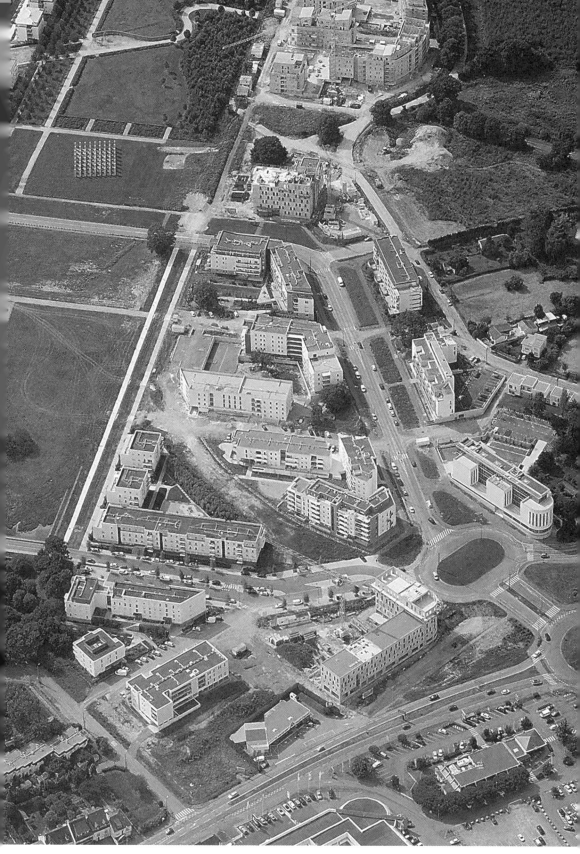

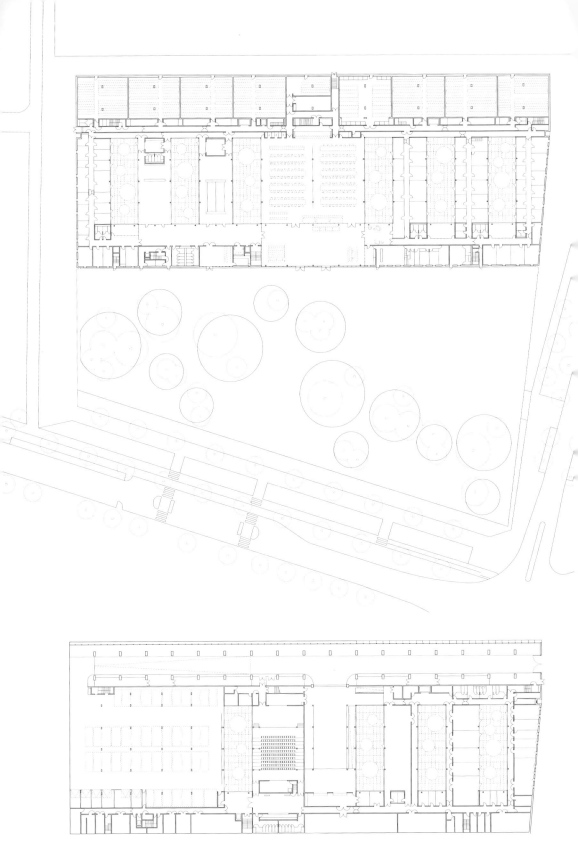

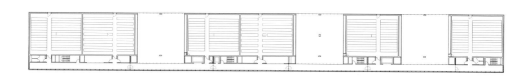

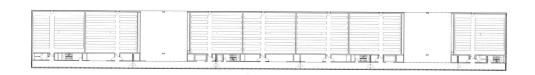
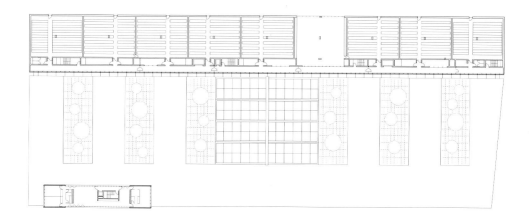

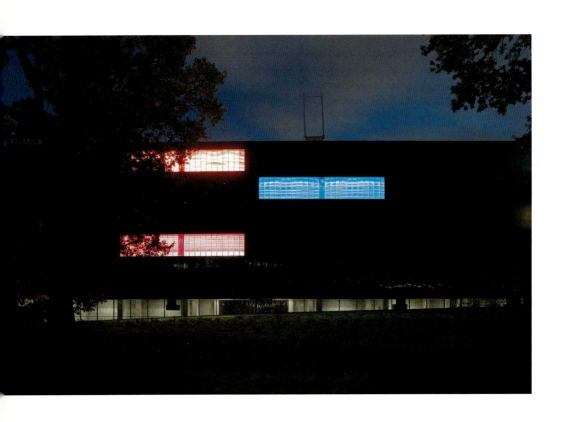

THE FRAMEWORK.
Dealing in the here and now, the ephemeral and the random, its corollary, calls for a scale of measurement that will enable them to be grasped. The framework is to architecture what tempo is to music: a tool for dividing up space into time and revealing movement. It is the medium for many of our projects. A framework delineates a neutral, fluid plan. The neutrality of the plan draws the eye. It highlights what might potentially occur. We do not have ownership of the event it heralds, but we have worked towards its occurrence.

COLOUR.
Anyone interested in light, in its potential in terms of perception, will naturally work colour into a project. This includes the colour of the actual materials, how much they absorb or reflect light, but also brought-in colour used to highlight an intention. Use of colour should not be confused with mere "colouring". It exists in its own right and contributes to the fundamental coherence of a project. In Lille, at the Museum of Fine Arts [↗p.053], the colour red stands for the classic painting characterising the museum's collections. Gold is associated with it, conjuring up the frames. Red enhances the gold. In fact it is traditionally used in gilding as a base coat to enhance the lustre. Touches of gold are used

des relations qu'elle autorise de part et d'autre de la limite ténue qu'elle constitue ; la mise en résonance des espaces qui s'opère. La lumière franchit les limites ; elle transporte, projette, découpe, se diffracte, se réfléchit, se colore et colore, vibre. Elle se matérialise en ombres projetées ou en faisceaux de particules dont le mouvement et l'intensité impriment la marque du temps à même l'espace. Pour exister, elle se mesure à la matière. Matière opaque qui l'absorbe et la réfléchit ; matière transparente ou translucide dont la texture, la brillance, la couleur en modulent à l'infini la diffusion. La lumière, on l'aura compris, est notre matière première ; la façade, sa surface de jeu.

LA TRAME.
Faire jouer l'instant, l'éphémère et l'aléatoire, son corollaire, suppose une échelle de mesure qui en permette la lecture. La trame est à l'architecture ce qu'est le tempo à la musique : un outil qui découpe l'espace en temps et permet d'y lire le mouvement. Elle constitue le support de beaucoup de nos projets. La trame définit un plan neutre et fluide. La neutralité du plan force l'œil. Elle met l'accent sur ce qui peut s'y produire. Elle nous situe dans l'attente d'un événement qui ne nous appartient pas mais dont nous avons œuvré pour qu'il se produise.

right from the atrium, in the form of tinted areas which are, further on, projected onto the extension façade. This helps to structure the depth of field required for a mise en abyme and fits in with the mirroring on the façade. Colour and reflection both help, in their own way, to amplify the existing perspectives and unify the space. In Rennes, at the Departmental Archives [↗p.207], the empty cells used to extend the storage space represent the future time devoted to archiving within the perimeter of the project. Colour marks the imprint of these voids like paper lanterns destined to go out as the storage areas are filled. This slow erosion of the void plays as if by echo against the never-changing framework of the façade, itself signifying the infinite and, by extension, eternity. At the Maison des Adolescents [↗p.185], in Paris, the green glazing amplifies the porosity sought between outside and in, based on the principle of camouflage, adopting the colour of one's surroundings.

MATERIALS.

We use some materials recurrently; glass, whenever light is required, or mirrors. Aluminium, appreciated for its fineness, and other metals. So, we may be told, you always produce the same project! A strange comment. If choice of material was all it took to define someone's architecture, we would all be plagiarists. Yet quite commonly a material is said, probably imprecisely, to possess qualities it is not likely to have, such as being modern, cold or warm. And has it not been said of some building or other that it is "resolutely contemporary" merely because it features glass or metal; or that it is "avant-garde" whenever the project is even

LA COULEUR.

Si l'on s'intéresse à la lumière, à ses potentialités en termes de perception, très naturellement on pense la couleur dans le projet. La couleur des matériaux mêmes, leur degré d'absorption ou de réflexion, mais aussi la couleur rapportée qui permet de souligner une intention. La mise en couleur, alors, ne se confond plus avec le coloriage. Elle existe à part entière et participe de la cohérence fondamentale du projet. À Lille, au Palais des beaux-arts [↗p.053], le rouge représente la peinture classique qui caractérise les collections du musée. L'or y est associé en référence au cadre. Le rouge révèle l'or. On l'utilise d'ailleurs, traditionnellement, comme fond d'application dans la dorure, pour en rehausser l'éclat. L'or est annoncé dès l'atrium, sous forme d'aplats que l'on retrouve, un temps plus tard, projetés sur la façade de l'extension. Il participe ainsi à la structuration de la profondeur de champ nécessaire à la mise en abîme des lieux et s'inscrit dans la logique des miroirs sur la façade.

slightly complicated in form. There is perpetual confusion here. Materials are the alphabet of architecture; yet the alphabet is not the text. What is lacking is the "alchemy of words" (as Rimbaud put it so well). Matter cannot be reduced to materiality. Its potential can only be fully realised in action, i.e. in how it is designed to be implemented. In other words, architecture is not defined by its materials but well and truly by how well these fit into the project. The issue is the quality of their presence. With brickwork, it is the size of the traditional brick, based on manufacturing and handling criteria, that gives the material its identity. The beauty of a traditional brick building lies in the fact that the bricklayer's work is visible. Facing panels have taken over from hand-laid brickwork. They retain the appearance of brickwork, in terms of size too, even though the bricks are no longer individually laid. The signs of that identity are reproduced, but the material has lost some of its relevance. One may well appreciate the materiality of concrete, its expressiveness and power, yet find its use on façades unconvincing, given the regulations that call for external insulation. Denied its huge potential, concrete is reduced to just a covering for façades. Yet there are facings that are

La couleur et le reflet contribuent, chacun à sa façon, à l'amplification des perspectives existantes et à la réalisation de l'unité du lieu. À Rennes, aux Archives départementales [↗p.207], les alvéoles vides ménagées pour l'extension des stockages représentent le futur du temps imparti, dans le périmètre du projet, pour l'archivage. La couleur marque l'empreinte de ces absences telles des lampions voués à s'éteindre au gré du remplissage des magasins. Le processus de lente dégradation du vide joue en écho avec la trame imperturbable de la façade qui signifie quant à elle l'infini et, par extension, l'éternité. À la Maison des adolescents [↗p.185], à Paris, le vert des vitrages vient amplifier la porosité souhaitée entre extérieur et intérieur, selon le principe du camouflage qui consiste à adopter la couleur du milieu dans lequel on cherche à se fondre.

MATÉRIAUX.

Certains matériaux sont utilisés de façon récurrente : le verre, dès lors que l'on fait appel à la lumière, ou le miroir. L'aluminium, que l'on apprécie pour sa finesse ; le métal. Alors, nous dira-t-on, vous faites toujours le même projet ! Etrange remarque. Si le choix d'un matériau suffisait à définir une architecture nous serions tous, assurément, des plagiaires. Les cas ne manquent pas, pourtant, où, par abus de langage probablement, on attribue au matériau des pouvoirs qu'il n'a vraisemblablement pas, comme celui d'être moderne, par exemple,

more efficient, lighter, easier to use, more economical in terms of surface area, less intensive in their use of raw materials in all, intellectually more satisfying. Rather than concrete, we accordingly prefer simple cladding. And if we want to create the illusion of something more imposing, we will weld together sheet metal, as we did in Nanterre, for the fire-station [↗p.122] where the parapets are reminiscent of crenellations.
 COHERENCE.
Regardless of scale and right down to the smallest detail, the choices we make are at the very least inter-compatible. Each component gradually fits into the system like cogs in a gigantic piece of machinery. The coherence of the whole ensures that of the individual parts. The project gradually comes into its own. From any angle, it is easy to see exactly how it all fits together. At the Museum of Fine Arts [↗p.053] in Lille, our intention was, again, to translate the idea of a painting onto the front of the extension. While the façade sections are designed to be oval, the aim is not elegance but the dispersal of light onto the surface in question so that the structure disappears into the light; this is a must if the façade is to be perceived as an abstraction. Furthermore, the section assembly clamps are rounded and silk-screen mirroring is applied just where the bolts are inserted. In front of the parvis, we wanted to

ou d'être froid ou chaud. Et n'a-t-on pas assez entendu le qualificatif « résolument contemporain » appliqué à tel ou tel bâtiment, du seul fait de la présence de verre et de métal ; ou encore celui d'« avant-gardiste » pour peu que le projet y ajoute une forme un tant soit peu compliquée. Il y a là une constante confusion. Le matériau, c'est l'alphabet de l'architecture ; or l'alphabet n'est pas le texte. Il y manque « l'alchimie du verbe » (comme dit si bien Rimbaud). La matière n'est pas réductible à la matérialité. Son potentiel ne se réalise pleinement que dans l'action, c'est-à-dire dans la façon dont elle est pensée pour être mise en œuvre. Autrement dit, l'architecture n'est pas définie par ses matériaux mais bien par la façon dont ceux-ci prennent leur place dans le projet. C'est la qualité de leur présence qui est en jeu. Dans la brique, le dimensionnement du module traditionnel, basé sur des critères de fabrication et de manutention, confère au matériau son identité. La beauté de l'ouvrage tient dans le fait que le geste du maçon y est perceptible. Des panneaux de parement ont pris le relais de la fabrication artisanale. De la brique ils conservent l'aspect, y compris le dimensionnement, alors même que celui-ci n'a plus de réalité constructive. Les signes de l'identité sont reproduits, mais le matériau a perdu de sa pertinence. On peut de même (→p.247)

DANCE AND MUSIC
CENTRE
    CENTRE DE LA
    DANSE ET
    DE LA MUSIQUE
THE HAGUE
    LA HAYE

The new Dance and Music Centre is organised into three separate entities, linked together by large floors, symbolising the presence of three institutions—the Nederlands DansTheatre, the Residentie Orkest and the Royal Conservatorium—in a single location. Each entity asserts its identity to such an extent that it seemed natural to approach them individually and try to convey their salient features. Each of them, therefore, has its own specific parts, architect, volume and territory. The areas they share, including those that accommodate information desks, shops, foyers, restaurants, bars and strolling spaces, thus play a unifying role. For staging purposes, these internal, interstitial spaces are brought to the fore to become a prime feature in the landscape, highlighted by the remaining empty spaces, overhangs and transparency so that they symbolise, on a city-wide scale, the role of the building.

Le Centre de la danse et de la musique s'organise sous forme de trois entités reliées entre elles par de larges plateaux, signifiant la présence en un même lieu de trois institutions, le Nederlands DansTheatre, le Residentie Orkest et le Royal Conservatorium. Chaque entité revendique son identité au point qu'il a semblé légitime d'en différencier la conception et de s'attacher à en exprimer la spécificité. Il revient alors aux espaces de liaison, qui incluent les fonctions d'accueil du public, les foyers, restaurants, bars et déambulations, de réaliser l'unité du lieu. Ces espaces, magnifiés par les vides et les transparences, constituent le socle commun où s'exprime la vocation globale du lieu au travers d'une scénographie qui place les usages internes à l'échelle du paysage urbain.

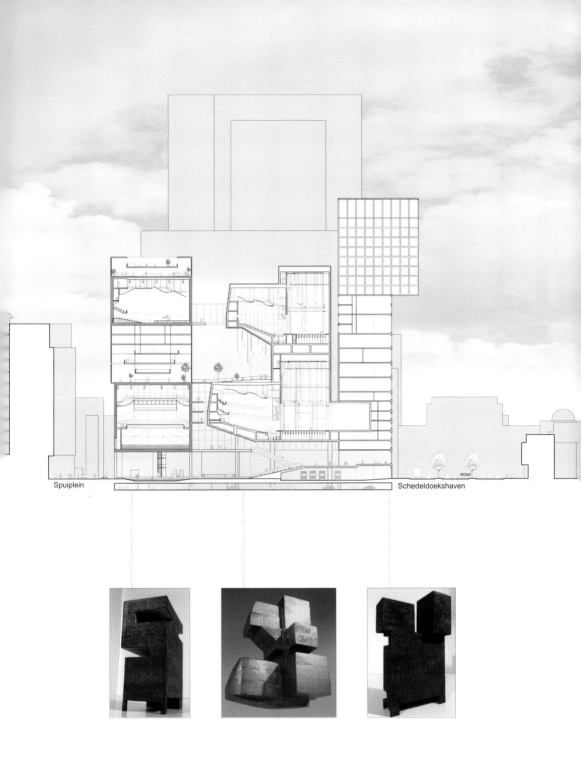

absorb the presence of an underground exhibition hall by treating the glass canopy that lets in the light rather like a pool, in a formal garden, that adds to the play of reflections. The glazing is therefore incorporated into the actual slope of the ground. A peripheral fountain, set against the glass itself, serves as a safety barrier and provides, in an illusory way, the real sound of flowing water. The stippled reflection of the Museum of Fine Arts [↗p.053] on the façade of the extension helps to materialise the painting. It thus brings together old and new on a single surface and signifies the seamless continuity of the construction process over time; that continuity is highlighted, at another level, by the artistic events held at the Museum. There is another more fundamental reason for choosing mirror, namely the very nature of the original architecture. This is monumental architecture, with its perspectives and depth, thwarted from the outset on budgetary grounds, as only one half of the building was eventually completed. Placing the extension at the end of the plot reveals the initial size of the original project. By amplifying the perspectives, the reflection then incorporates the extension into the rationale of the existing buildings and, across the years, brings it all to completion. The *mise en abyme* of the gold tinted areas from the

> du béton apprécier la matérialité, l'expressivité, la puissance et juger son utilisation en façade peu convaincante si l'on tient compte de la réglementation qui tend à imposer une isolation par l'extérieur. Le béton, par dénégation de son magistral potentiel, est alors ramené au rôle de simple revêtement de façade. Or des parements plus efficaces existent, plus légers, plus faciles à mettre en œuvre, plus économes en surface au sol, moins consommateurs en matière première ; pour tout dire, intellectuellement plus satisfaisants. Au béton, nous préférerons alors un simple bardage. Et si nous voulons créer l'illusion de la massivité, nous souderons les tôles, comme nous l'avons fait à Nanterre pour la caserne de pompiers [↗p.122], où les coiffes en acrotère semblent être des créneaux.
>
> COHÉRENCE.
>
> À toutes les échelles et jusque dans le détail, les choix effectués sont a minima compatibles entre eux. Chaque élément prend sa place progressivement dans le dispositif comme un rouage d'une gigantesque mécanique. La cohérence du tout assure la cohésion des parties. Le projet acquiert progressivement une autonomie constitutive. Quel que soit l'angle sous lequel on l'aborde, on y perçoit les logiques qui rattachent les unes aux autres les parties.
>
> Au Palais des beaux-arts de Lille [↗p.053], nous souhaitions, nous l'avons

atrium of the old Museum up to the façade of the extension emphasises that intention through the dynamics it creates. Conversely, the idea of the painting on the façade connects the extension to the original building, where the museum's collections are exhibited, a gold frame on a red background. This is how, endlessly, connections are built into a project. Some are intentional, deliberately calculated; others elude us and emerge of their own accord, as if spontaneously generated by the coherence of the ensemble. Let us call them fortunate connections.

BEYOND THE REALMS OF POSSIBILITY.

Controlling the coherence of our ideas does not really stretch to defining buildings beyond the realms of possibility. Very precisely framed, our projects just act as media. Even if we do ground them firmly in reality, paying close attention to site, programme and uses; even if we do work carefully on factors such as transparency, colour, lighting ambiances and materials, ultimately we do not design them to be all-embracing, and even less to be exclusive. The spaces we dream up remain paradoxically disconnected from their effective use.

vu, traduire l'idée du tableau au droit de l'extension. Si les profilés de façade sont traités en ovale, ce n'est pas par souci d'élégance mais pour assurer la dispersion de la lumière au droit de la surface concernée et permettre la disparition de la structure dans la lumière; disparition nécessaire à la perception de la façade comme une abstraction. Les pattes d'accroche des profilés sont à leur tour arrondies et la sérigraphie miroir appliquée précisément au point d'impact des boulons. Au droit du parvis, nous souhaitions absorber la présence d'une salle d'exposition souterraine en traitant la verrière qui l'éclaire à la manière d'un bassin, dans une composition « à la française », qui participerait aux jeux de réflexion. Les vitrages sont alors intégrés dans la pente même du sol. Une fontaine périphérique, implantée au nu du verre, fait office de garde-fou et propage, de façon illusoire, le bruit de l'eau qui coule. Le reflet, en pointillés, du Palais des beaux-arts [↗p.053] sur la façade de l'extension participe à la matérialisation du tableau. Il réalise, ce faisant, la réunion sur un même plan de l'ancien et du nouveau et signifie la continuité temporelle du processus de construction; continuité que soulignent, à une autre échelle, les interventions artistiques *in situ*. Mais une autre raison justifie le choix du miroir: c'est la nature même de l'architecture d'origine. Architecture monumentale faite de perspectives et de profondeurs, contrariée dès l'origine pour des raisons budgétaires, seule une moitié de bâtiment étant finalement

BEYOND THE VISIBLE.
The quality of any architecture probably lies in how well it is viewed and, beyond that, perceived. "Beyond the visible" does not mean, from that standpoint, behind what is visible (in the way one train may hide another), which would identify the visible as something taken for granted: I can be seen, therefore I exist. The "beyond" that interests us includes the invisible element that lies *within* the visible. Not apart but in its continuation, in the depths of reality. This is where we approach the truth of things. There is something inexpressible in the invisible. Affording access to that dimension means not coming to an explicit conclusion but

construite. L'implantation de l'extension en fond de parcelle donne à lire la dimension du projet d'origine. Le reflet, en amplifiant les perspectives, inscrit alors le nouveau bâtiment dans la logique de l'existant et réalise, par-delà les années, l'accomplissement du lieu. La mise en abîme des aplats couleur or depuis l'atrium du vieux palais renforce l'intention par la dynamique créée. L'idée du tableau matérialisée à l'aplomb de la façade rattache inversement l'extension au bâtiment ancien, où se trouvent exposées les collections du musée, cadre or sur fond rouge. Ainsi s'établissent, indéfiniment, les correspondances au sein d'un projet. Certaines volontaires, délibérément calculées ; d'autres qui nous échappent se produisant d'elles-mêmes, comme issues spontanément de la cohérence du tout. Nous les appellerons les correspondances heureuses.

AU-DELÀ D'UN POSSIBLE.
La maîtrise dans la cohérence des idées ne s'étend pas réellement à la définition des lieux au-delà d'un possible. Très précis dans leur armature, nos projets sont de simples supports. Même si nous les ancrons concrètement dans le réel, avec une grande attention portée au site, au programme, aux usages ; même si nous y travaillons précisément les transparences, les couleurs, les ambiances lumineuses, les matières... en définitive, nous ne les pensons pas de façon exhaustive et encore moins de façon exclusive. Et les lieux tels que nous les imaginons restent paradoxalement déconnectés de leur utilisation effective.

AU-DELÀ DU VISIBLE.
La qualité d'une architecture réside sans doute dans l'aptitude qu'elle a à se laisser regarder et, au-delà, à se laisser percevoir. L'« au-delà » du visible ne se situe pas, de ce point de vue, derrière le visible (à la manière dont un train peut en cacher un autre), ce qui déterminerait le visible comme acquis et définitif : je suis vu donc j'existe.

providing scope for action. The action of looking, which in turn shapes reality and makes it possible, beyond experimentation, to appropriate the visible. "Everything tends to suggest that the mind may reach a point whence life and death, real and imaginary, past and future, communicable and incommunicable, and high and low, all cease being perceived as contradictory." (André Breton). Such a point remains a quest but direction, at least, is given. It is our constant desire to enable things to break loose from their original condition. To cast off their outer shell, go beyond materiality and reach that mental space where reality can be perpetually and endlessly renewed.

> Cet « au-delà » qui nous intéresse inclut la part d'invisible *au dedans même* du visible. Non pas ailleurs, mais dans son prolongement même et dans la profondeur du réel. On approche là de la vérité des choses. Il y a de l'indicible dans l'invisible. Rendre accessible cette dimension suppose de ne pas clore explicitement le propos ; ménager la marge qui donne accès à l'action. L'action de regarder qui façonne à son tour le réel et permet, par-delà l'expérimentation, l'appropriation du visible. « Tout porte à croire qu'il existe un certain point de l'esprit d'où la vie et la mort, le réel et l'imaginaire, le passé et le futur, le communicable et l'incommunicable, le haut et le bas cessent d'être perçus contradictoirement » (André Breton). Un tel point certes reste une quête mais la direction est donnée. Toujours nous voulons permettre aux choses d'échapper à leur condition première. Echapper à leur enveloppe, dépasser la matérialité et atteindre l'espace mental grâce auquel le réel, perpétuellement et indéfiniment, se renouvelle.

TECHNICAL
CENTRE
　CENTRE
　TECHNIQUE
PORTE
POUCHET
PARIS

The prevailing approach in Paris to the landscape of the capital's main ring-road has been and still is a defensive one, whereby the old city walls are replaced with new. The construction programme commissioned by the Paris authorities for workshops, garages and a fire station is an opportunity to reconsider in a positive light the relationship between Paris and its suburbs. The project differentiates between the two main types of uses set out by the programme. The garages and workshops are embedded in a vast base, below the existing football pitch, while a slender, linear building emerges along the ring-road, at the front of the site in relation to the motor-vehicle entrance, and this accommodates the city's administrative services and the fire-station facilities. The administrative services are housed on the first two floors, in contact with the base, while the fire-station facilities, dining hall and dormitory areas are on the upper floors. This leaves an intermediate space equivalent to an entire floor which is left open and gives this rather small plot a protected outside area, overlooking the stadium and the ring-road, to act as a training area for fire-fighters. The openness built into the design is materialised in the scope given for outside uses. The gap in the construction generates potential for interaction between the two opposing sections. To amplify this, the underside of the upper section is intentionally reflective. Daily activity on the football pitch can now be seen from the other "bank", while thanks to the focus produced by framing, the ring-road becomes a central, attractive and positive feature of the development.

La logique dominante, le long du périphérique, à Paris, reste une logique défensive qui, en lieu et place des anciennes fortifications, tend à mettre en place de nouvelles enceintes. Le programme de construction d'ateliers et garages pour la Ville de Paris, associés à un centre de secours, offre l'occasion de repenser positivement les relations entre Paris intra-muros et la banlieue qui lui fait face. Le projet différencie les deux grands types d'espaces constitutifs du programme. Les garages et ateliers sont implantés dans un socle massif, à l'aplomb du terrain de football existant, tandis qu'une mince construction linéaire émerge, le long des voies, en tête de site par rapport à l'accès des véhicules, qui accueille les services administratifs de la Ville et les équipements de la caserne. Les services administratifs sont logés dans les deux premiers niveaux, en contact avec le socle ; les équipements de la caserne, salle à manger et dortoirs des pompiers, aux étages supérieurs. Dans l'entre-deux, un vide est ménagé sur la valeur d'un niveau, qui offre sur cette parcelle très exiguë la possibilité d'un espace extérieur protégé, en surplomb du stade et du périphérique. L'aire d'entraînement des pompiers y est implantée. L'ouverture souhaitée prend forme, concrètement, dans l'extériorisation des usages. Le vide de construction ouvre la possibilité de relations entre rives opposées. Afin d'en amplifier le champ, la sous-face du volume en surplomb est traitée en miroir. L'activité du terrain de football se lit, désormais, jusque sur l'autre rive, tandis que par la force du cadrage, le périphérique devient l'élément central, attractif, positif, du dispositif.

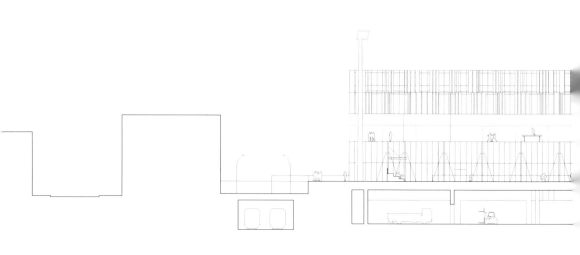
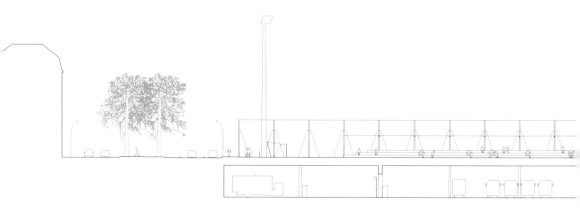

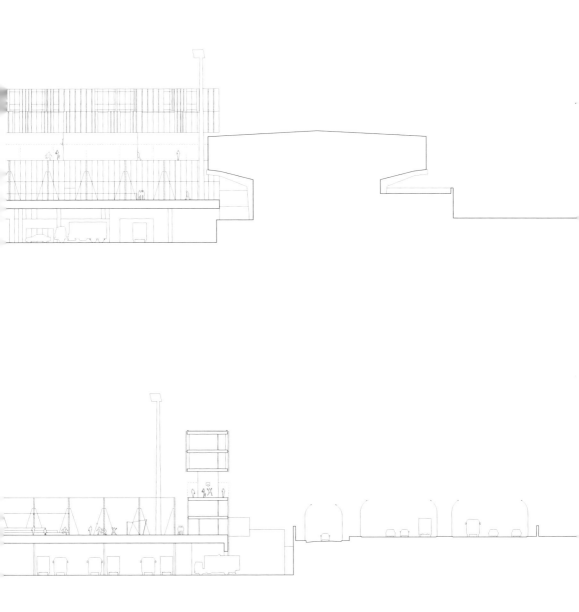

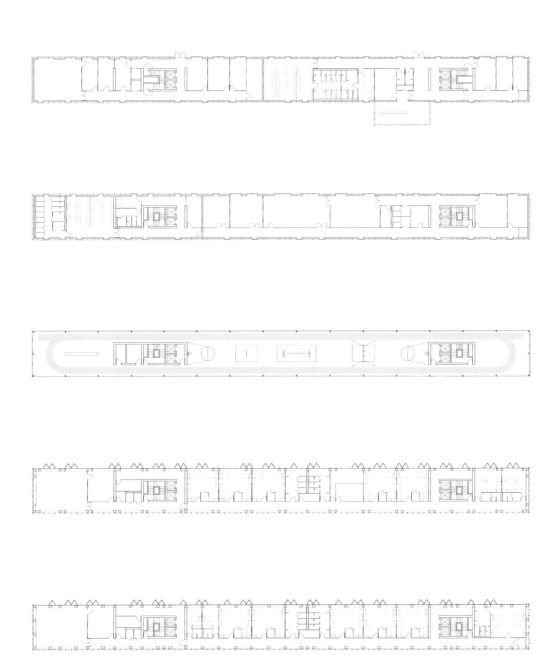

ANDRÉ MALRAUX
LIBRARY
MÉDIATHÈQUE
ANDRÉ
MALRAUX
STRASBOURG

The river landscape is best approached horizontally. Everything here submits to the logic of the waterway: the linearity of the docks, the way the jetty stretches out and the trees are aligned. But also the warehouses, running from one end of the site to the other in a perfectly continuous line parallel to the docks, punctuated vertically by their silos, which rise up like prows. This harmony is what makes the place so beautiful. The small stretch of land has miraculously retained its initial coherence, in the sense that it is this specific industry, requiring maximum efficiency in the interaction between buildings, docks, crane tracks and roads, that has determined the rigorous and rhythmic succession of volumes. The project to convert the Seegmuller warehouse into a multimedia library, involving a doubling of the existing surface area, is in line with the main design principles governing the location. The silo is left untouched, as a vertical sign within the landscape. The depot that backs onto it is partly preserved, namely its fine concrete structure. The extension strictly expands vertically and horizontally from it. Libraries, contrary to warehouses, call for natural light. A new glass skin, replacing the brick cladding on the existing depot, acts as a continuation of the extension's exterior and unifies the development. Light emphasises the beauty of the pyramid-shaped capitals. The floors are an extension of the existing structures. Initially designed for storage, the distance between floor and ceiling is small. To provide a sense of space, there are voids around the edges that vertically expand the volumes. Taking an industrial approach, still relevant here given the low ceilings, the technical fittings are left exposed. The HVAC and utilities design falls within the generic linearity. A long, red ribbon, traced directly onto the building, links the floors of the library. Graffiti-like signage guides visitors to the upper floors. The floors are left sparse. Light bounces off the floors and is thus channelled into the building. Floors dissect the landscape horizontally, linking both branches of the canal.

C'est à l'horizontale que s'appréhende le paysage fluvial. Ici, tout se plie à la logique du cours d'eau ; la linéarité des quais, l'étirement du môle, l'alignement des arbres. Jusqu'aux entrepôts qui se profilent d'un bout à l'autre du site, parfaitement réglés dans leur continuité sur une parallèle aux quais et dont les silos, telles des proues, ponctuent verticalement les extrémités. La beauté du lieu tient en cette harmonie. Petit bout de territoire miraculeusement préservé dans sa cohérence initiale où l'exploitation industrielle qui exigeait une efficacité optimale dans la relation des bâtiments aux quais, au chemin de grue et à la voirie, a déterminé la rigoureuse succession rythmique des volumes. Le projet de transformation de l'entrepôt Seegmuller en médiathèque, avec à l'appui un doublement des surfaces existantes, s'inscrit dans les principes de composition du lieu.
Le silo est conservé, signe vertical dans le paysage. De la halle qui s'y adosse, le projet garde aussi la magnifique structure en béton. L'extension en constituera le strict prolongement vertical et horizontal.
Une bibliothèque, contrairement à un entrepôt, appelle la lumière naturelle. Une peau de verre remplace alors le parement en brique de la halle existante. Calée dans la continuité de l'extension, la nouvelle façade réalise l'unité du lieu. La lumière souligne les chapiteaux pyramidaux. Destinés au stockage, les plateaux sont bas sous plafond. Pour donner une sensation d'espace, des vides, en rive, en dilatent les volumes. Dans une logique industrielle qui reste pertinente du fait de l'exiguïté des hauteurs, les équipements techniques sont laissés apparents. Le tracé des fluides s'inscrit dans la linéarité générique. Un long ruban rouge, à même le bâtiment, relie les niveaux. La signalétique, appliquée à la manière de tags, guide le visiteur. Les plateaux sont laissés libres. La lumière se propage par réflexion sur le sol. Les planchers découpent le paysage à l'horizontale, reliant l'un à l'autre les deux bras du canal.

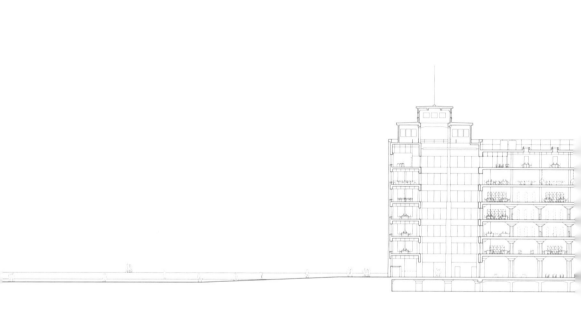

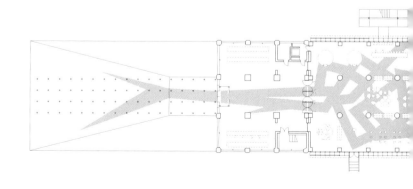

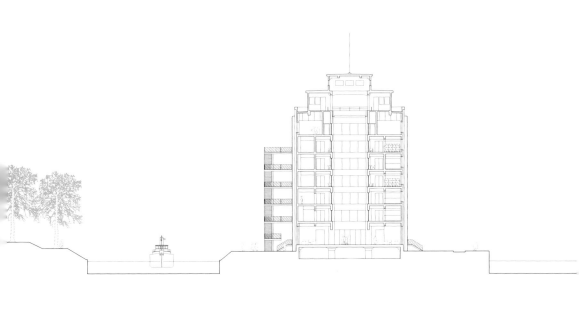

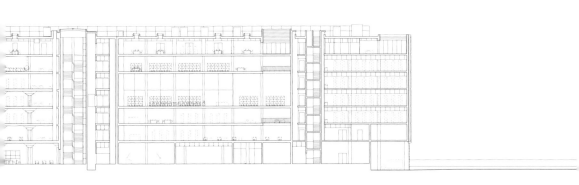

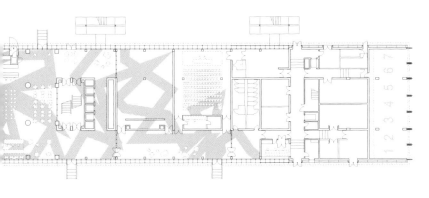

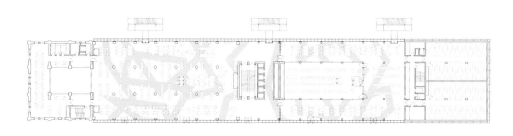
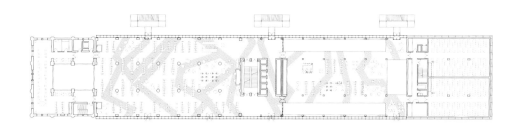
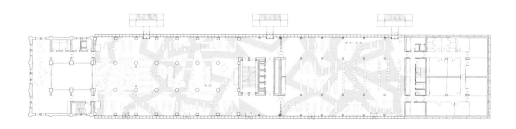

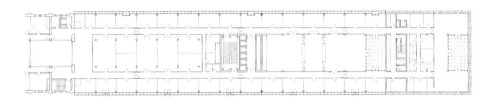
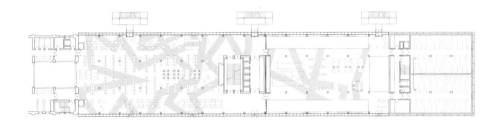
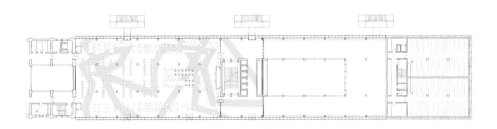

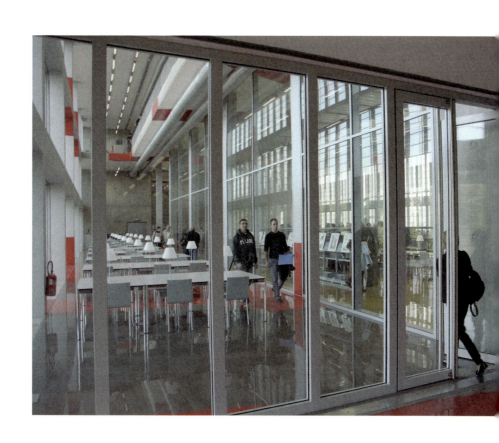

.../... j'ai et j
mes côtés
donne l'imp

Charles de Gaul

.../... La ← médiathèque
est une organisation préméditée
de l'espace de lecture et de
consultation, traduite par une
architecture qui est l'occasion
d'un véritable « geste architectural »

.../ ... Ministère de la culture et de la communication, grande mutation
des bibliothèques municipales

CITY HALL COMPLEX
CITÉ MUNICIPALE
BORDEAUX

On the outskirts of the Mériadeck district, at the far end of the diagonal perspective from the Place Gambetta and on the same axis as the City Hall, located in the Palais Rohan, opposite the Cours d'Albret square, on the edge of the old town, the project site is at the crossroads of contrasting urban approaches. The main ambition here was to achieve on this pivotal site the continuity and fluidity required for the building to blend in with its environment and, in turn, facilitate its connection—perpendicularly—with all the existing urban buildings. The intention was also to play on the physical proximity of the Palais Rohan and the new facility to link them together in a way that would enhance their complementarities. A base on the Cours d'Albret extends the alignment and altimetry of the walls of the adjoining town houses. In direct contact with the street, it accommodates all of the public functions. On it stand two main buildings, linked together by the hall's volume, which frames the diagonal perspective. Crowning the edifice, above the drop, is the City Hall café. As a whole, it is perfectly contained laterally along a straight axis to the Palais Rohan, thereby enhancing the legibility of the urban composition which here "staples" together the old town and the new Meriadeck developments. Once the rules are established as to how it is to blend into the existing structures, the building becomes autonomous. Making the most of the surrounding panorama, it becomes part of the perspective from Palais Rohan, where it asserts its presence by disrupting, above the rooftops, the line of facades.

En frange du quartier de Mériadeck, à l'aboutissement de la perspective diagonale depuis la place Gambetta et dans le prolongement de l'hôtel de ville, sis dans le palais Rohan, de l'autre côté du cours d'Albret, en limite de la ville dite historique, le lieu de l'étude se situe à la croisée de logiques urbaines contrastées. L'ambition première, ici, est de réaliser sur ce site charnière les conditions de continuité et de fluidité nécessaires à l'intégration du bâtiment dans son environnement et permettre, en retour, le raccordement, au droit du projet, des différentes pièces urbaines en présence. L'intention consiste également à jouer de la proximité physique entre le palais Rohan et le nouvel équipement municipal pour établir, entre eux, les liens nécessaires à l'expression de leur complémentarité. Un socle prolonge, sur le cours d'Albret, l'alignement et l'altimétrie des enceintes des hôtels particuliers contigus. En prise directe avec la chaussée, il accueille l'ensemble des fonctions publiques. Deux corps de bâtiment le surmontent, reliés par le volume du hall qui cadre la perspective diagonale. En couronnement, à l'aplomb du vide, le café de la Mairie. L'ensemble est parfaitement contenu latéralement dans un strict alignement au palais Rohan, pour renforcer la lisibilité de la composition urbaine qui relie, ici, comme une agrafe, la ville historique aux constructions nouvelles sur Mériadeck. Une fois établies les règles de son inscription dans l'existant, le bâtiment prend son autonomie. Mettant à profit le panorama qui s'offre à lui, il s'inscrit dans la perspective du palais Rohan où il affirme sa présence en dérogeant, par-dessus les toits, à l'alignement des façades.

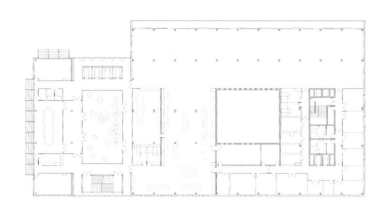
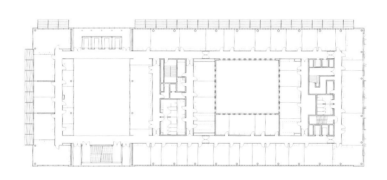
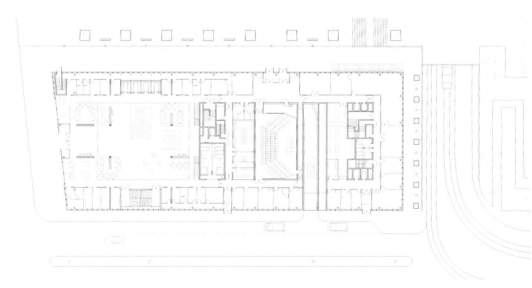

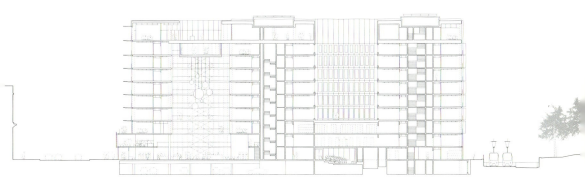

HOUSING AND RETAIL COMPLEX
LOGEMENTS ET COMMERCES
BOULOGNE-BILLANCOURT

On the Billancourt bank, where the river curves, opposite Seguin Island, the landscape generates urban partition. Two urban components assert their presence. First the river, which is linear, infinite and divides the site horizontally. And then the island itself, which, following the curve of the river, forms a crucible opposite the vacant trapezium, promoting interaction across the banks of the river. The programme comprises 270 residential dwellings, a 5000 sqm retail area and a 600-space public car park. The retail area covers most of the ground floor. The residential dwellings directly above are divided into three entities for visual permeability. The central courtyard consists of three layered and interconnected levels. The first is an extension of the path linking the adjacent park to the Seine. The other two are distinctive in that they are raised and thus stand out from the landscaped areas nearby, both treated as pontoons, one facing the river and the other facing the park. The pontoons are designed as an extension of the apartments, providing large terraces overlooking the city. The Seine-facing facades comply with the generic rules regarding urban continuity. Reflecting the scale of the site, they are linear, fully glazed and protected from the sun by the overhanging balconies. The bays form a repetitive pattern echoing the horizontal expansion inherent to the river. A second skin, also glazed, creates an intermediate space, where the freely positioned partitions offer scope to modulate the size of the inner space, from season to season. The resulting depth differential of the facade reintroduces the notion of transversality and engages the building in a dialogue with the island. The reflective underside of the balconies broadens the visual field, while the aqua green strips on the cladding bring, right into the dwellings, the shimmer of the river.

Sur la rive Billancourt, dans la courbure du fleuve, face à l'île Seguin, c'est le paysage qui génère la partition urbaine. Deux composantes territoriales s'imposent. Le fleuve, tout d'abord, linéaire, infini, qui découpe le site à l'horizontale ; puis l'île elle-même. En épousant le cours d'eau, elle forme un creuset en vis-à-vis du trapèze libéré, induisant de part et d'autre des relations transversales. Le programme comprend 270 logements, une surface commerciale de 5000 m² et un parking public de 600 places. La surface commerciale occupe la majeure partie du rez-de-chaussée. Les logements, à l'aplomb, sont scindés en trois entités de manière à favoriser les perméabilités visuelles. L'intérieur d'îlot est composé de trois niveaux superposés, reliés entre eux. Le premier prolonge la traverse qui lie le parc voisin à la Seine. Les deux autres se distinguent du fait qu'ils sont surélevés. Ils sont de ce fait différenciés des espaces paysagers environnants et traités en pontons, l'un face au fleuve, l'autre face au parc. Les pontons sont pensés comme prolongement des appartements, offrant à tous le bénéfice de larges terrasses en surplomb sur la ville. Les façades sur Seine respectent la règle générique de continuité urbaine. Elles jouent, ici, à l'échelle du site, linéaires, entièrement vitrées, protégées du soleil par le débord des balcons. La trame répétitive des baies les inscrit dans une logique de dilatation horizontale propre au fleuve. Une deuxième peau, vitrée elle aussi, crée un espace intermédiaire où la libre articulation des parois permet, au gré des saisons, de moduler l'emprise des espaces intérieurs. La profondeur différentielle de la façade réintroduit la notion de transversalité et active le face-à-face avec l'île. Les sous-faces réfléchissantes des balcons élargissent le champ visuel tandis que les bandeaux vert d'eau des parements prolongent, jusque dans les logements, les miroitements du fleuve.

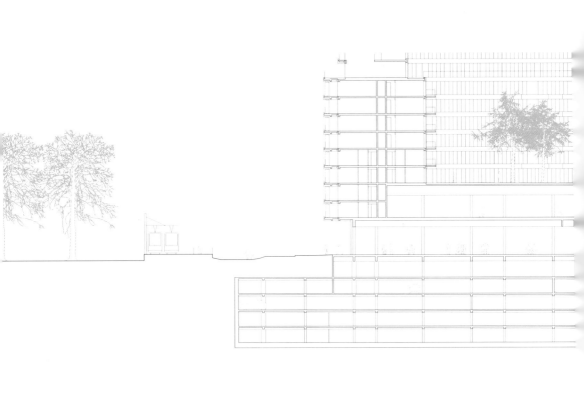
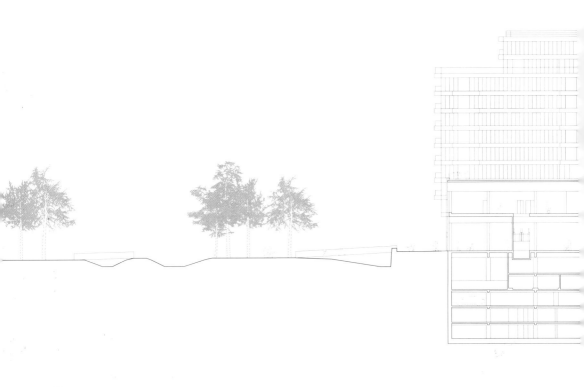

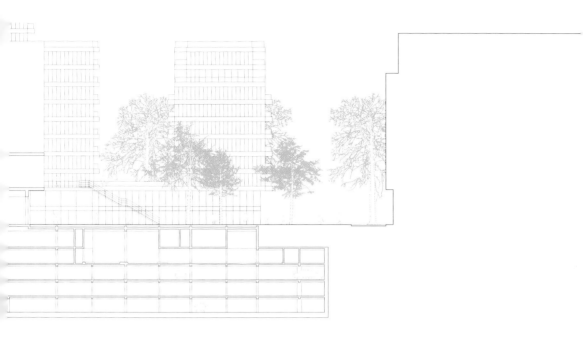
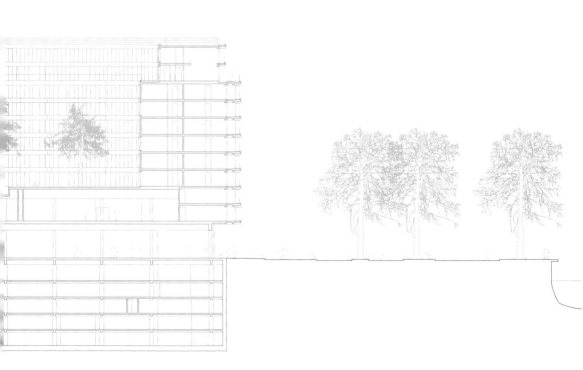

DETAILS

A	MUSEUM OF FINE ARTS, LILLE, SECTION, GLASS ROOF EDGE
B	MUSEUM OF FINE ARTS, LILLE, SECTION, GLASS ROOF
C	MUSEUM OF FINE ARTS, LILLE, GROUND FLOOR SECTION, NORTH ELEVATION
D	MUSEUM OF FINE ARTS, LILLE, GROUND FLOOR SECTION, SOUTH ELEVATION
E	MUSEUM OF FINE ARTS, LILLE, SECTION, NORTH ELEVATION
F	MUSEUM OF FINE ARTS, LILLE, SECTION, SOUTH ELEVATION
G	FIRE STATION, NANTERRE, SECTION, FIRE STATION ROOF / WEST ELEVATION JUNCTION
H	FIRE STATION, NANTERRE, HOUSING SECTION, NORTH ELEVATION
I	TEENAGER HOSPITAL, PARIS, AXONOMETRY, SOUTH ELEVATION
J	TEENAGER HOSPITAL, PARIS, SECTION, SOUTH ELEVATION
K	DEPARTMENTAL ARCHIVES, RENNES, SECTION, GLASS ROOF / SOUTH ELEVATION JUNCTION
L	DEPARTMENTAL ARCHIVES, RENNES, SECTION, SOUTH ELEVATION
M	ANDRE MALRAUX LIBRARY, STRASBOURG, SECTION, SOUTH ELEVATION, INTAKE AIR SYSTEM
N	ANDRE MALRAUX LIBRARY, STRASBOURG, SECTION, SOUTH ELEVATION, OUTTAKE AIR SYSTEM
O	MUNICIPAL OFFICES, BORDEAUX, SECTION, SOUTH ELEVATION
P	MUNICIPAL OFFICES, BORDEAUX, SOUTH ELEVATION
Q, R	HOUSING AND RETAIL COMPLEX, BOULOGNE-BILLANCOURT, SECTION, SOUTH ELEVATION

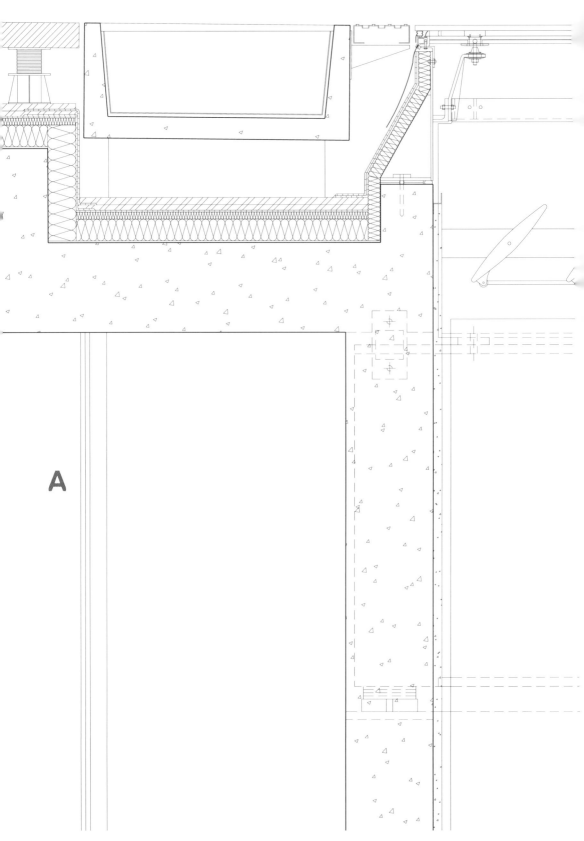

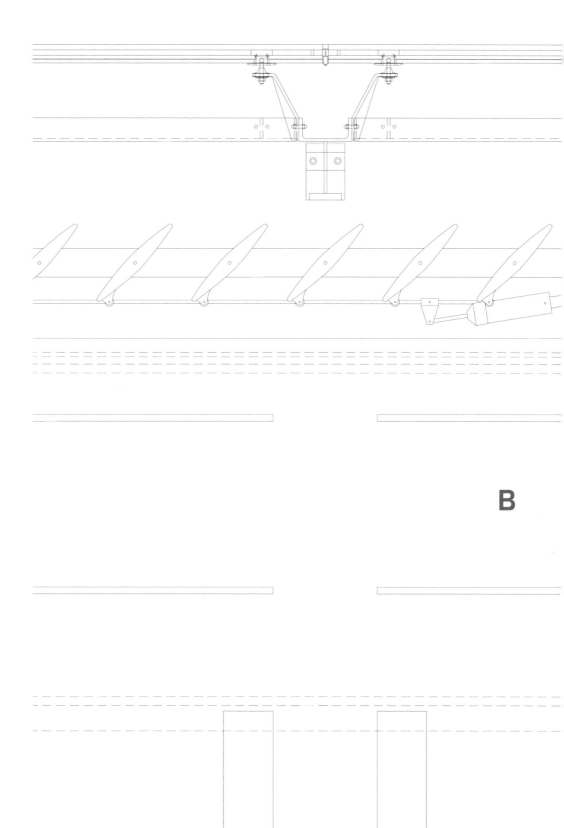

B

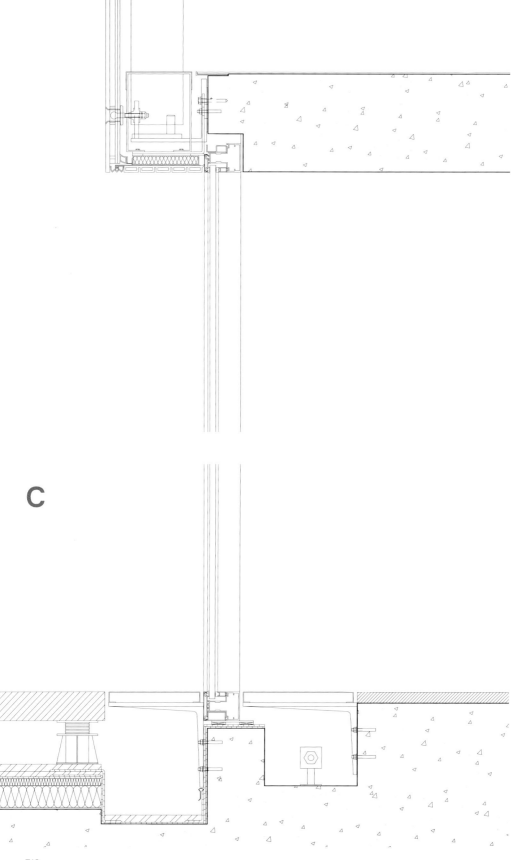

C

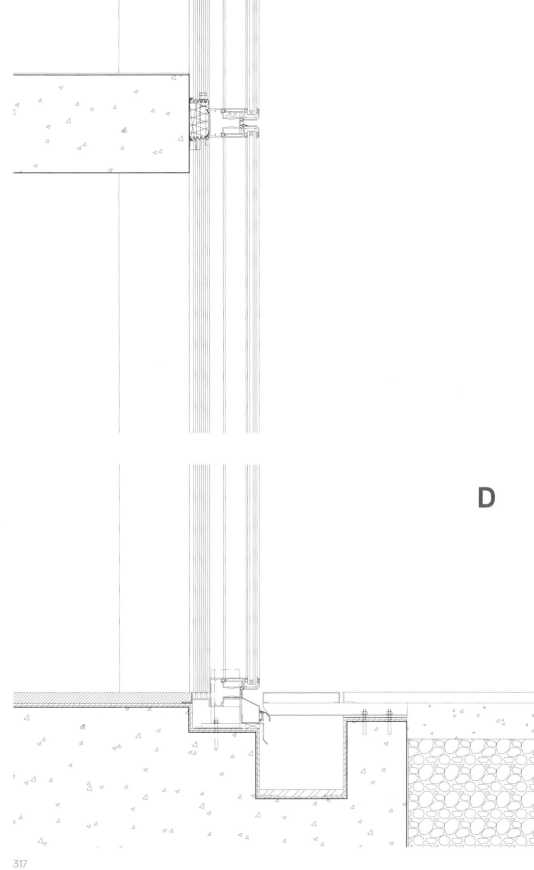

D

E

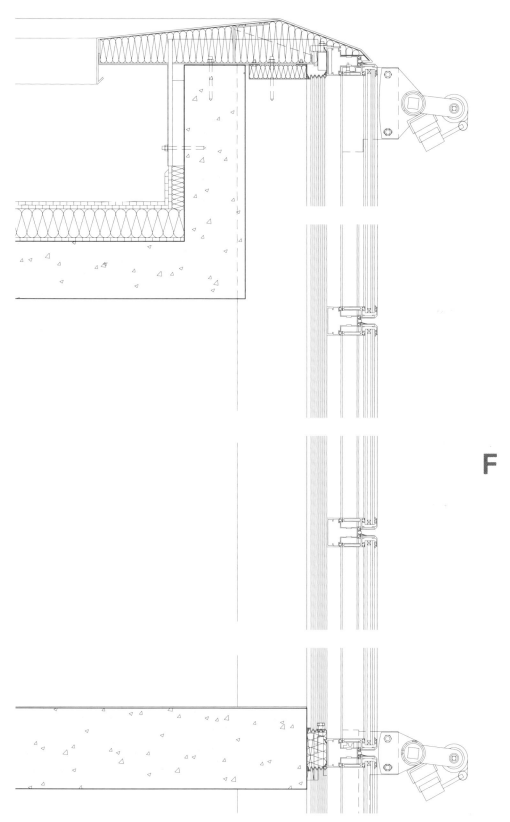

F

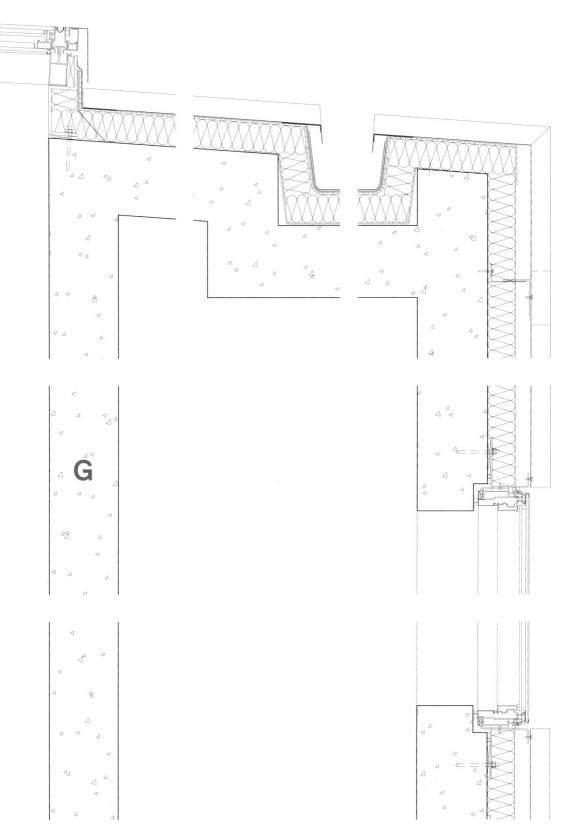

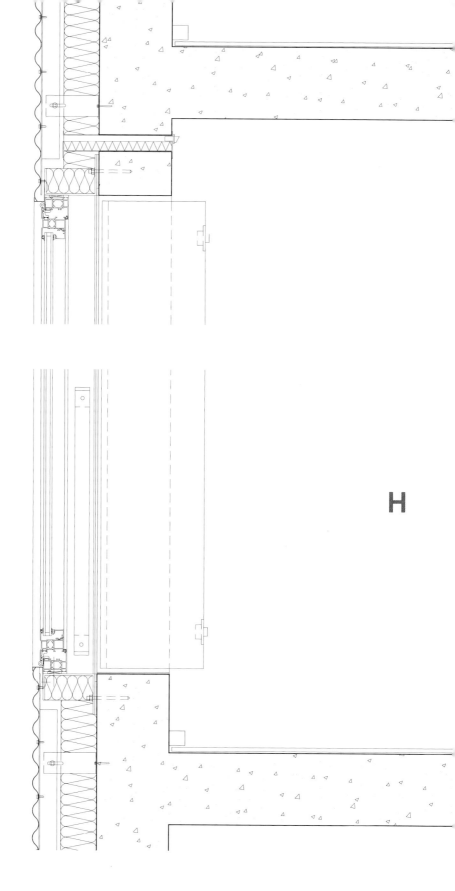

H

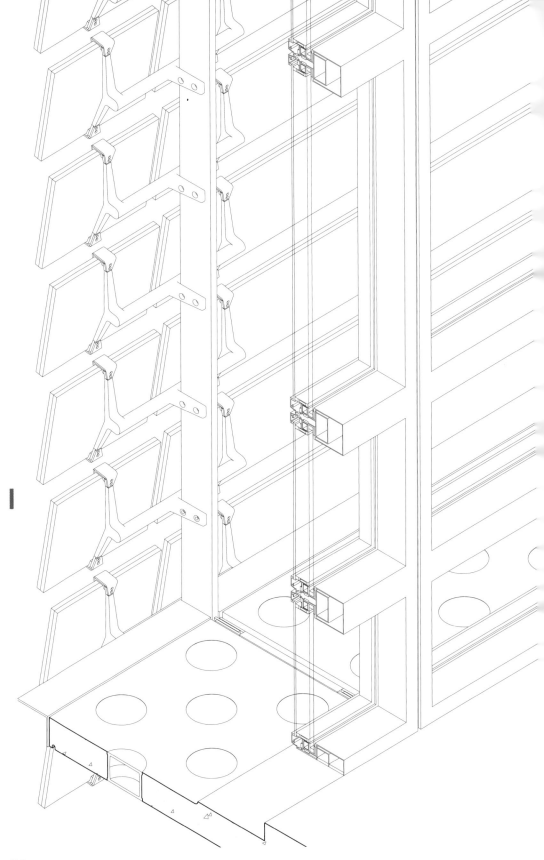

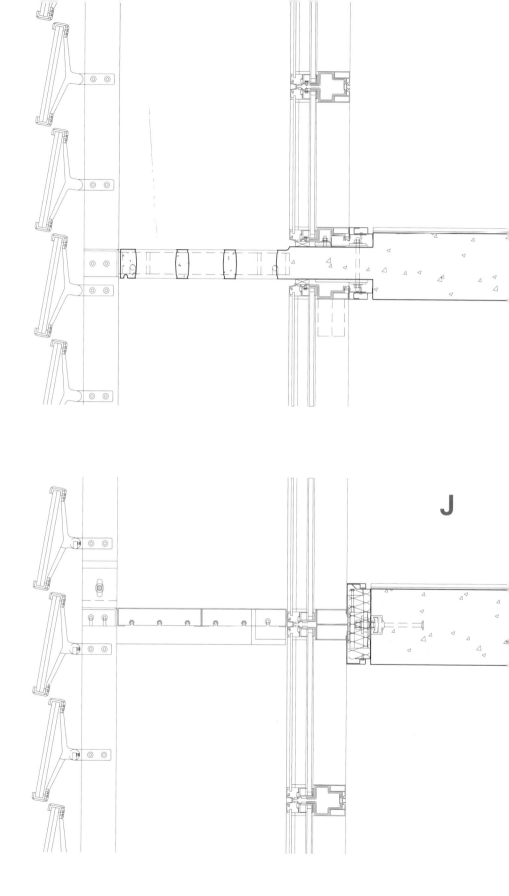

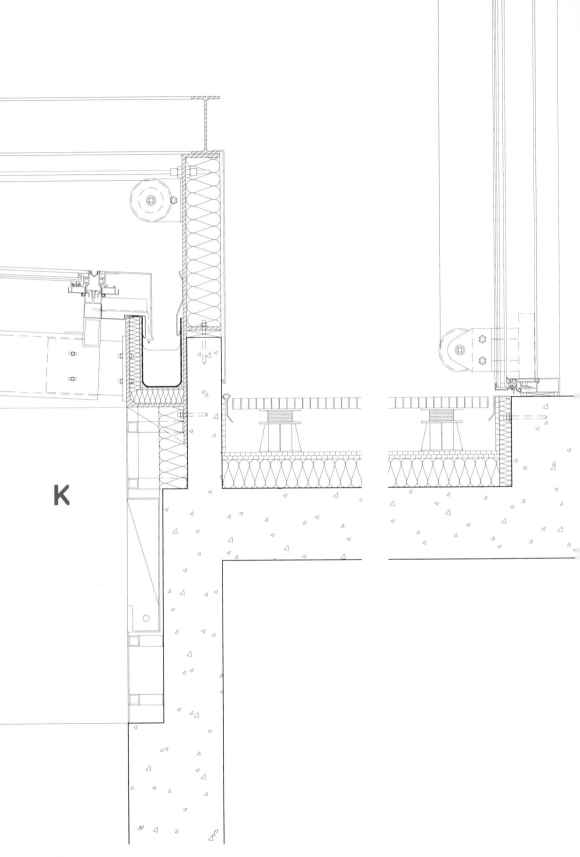
K

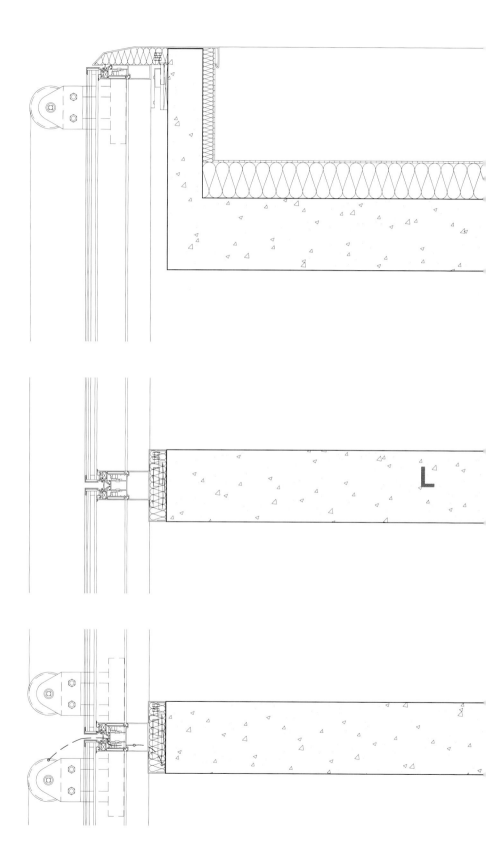

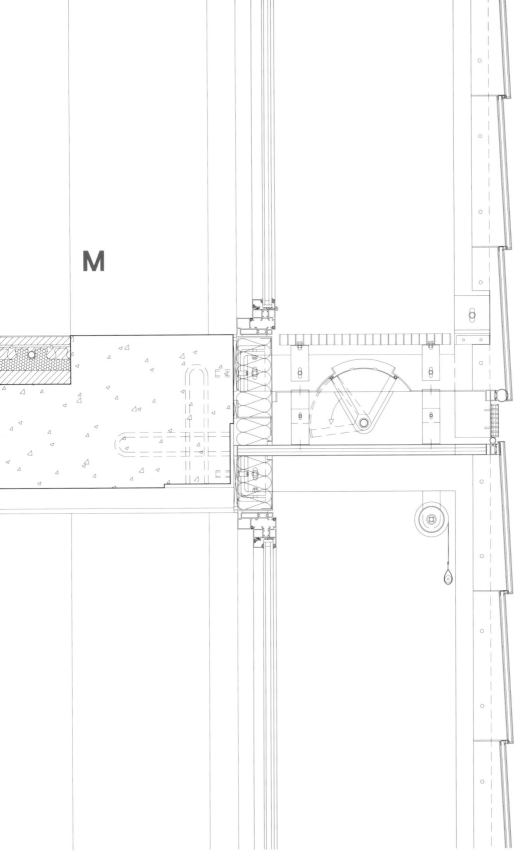

M

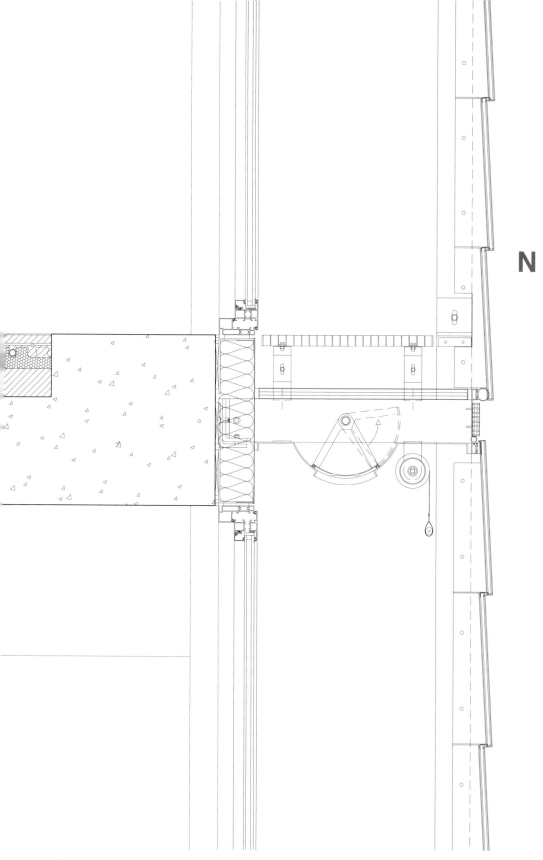

N

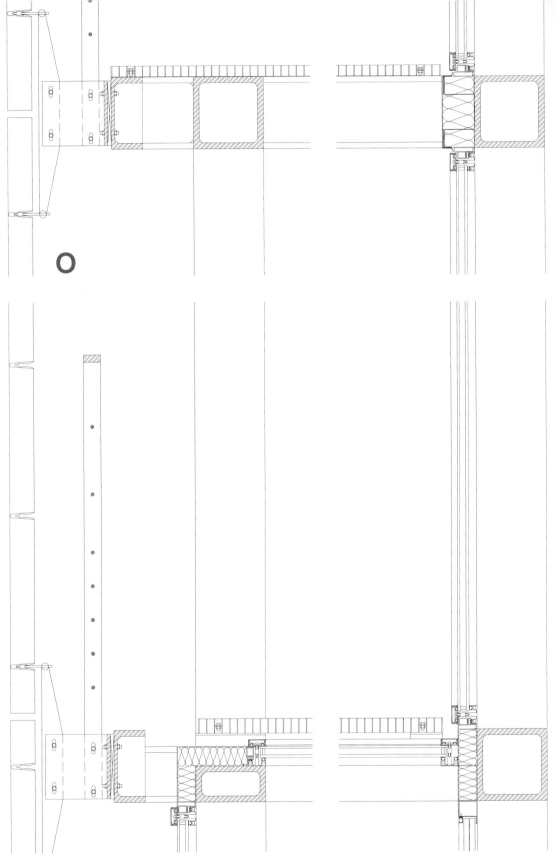

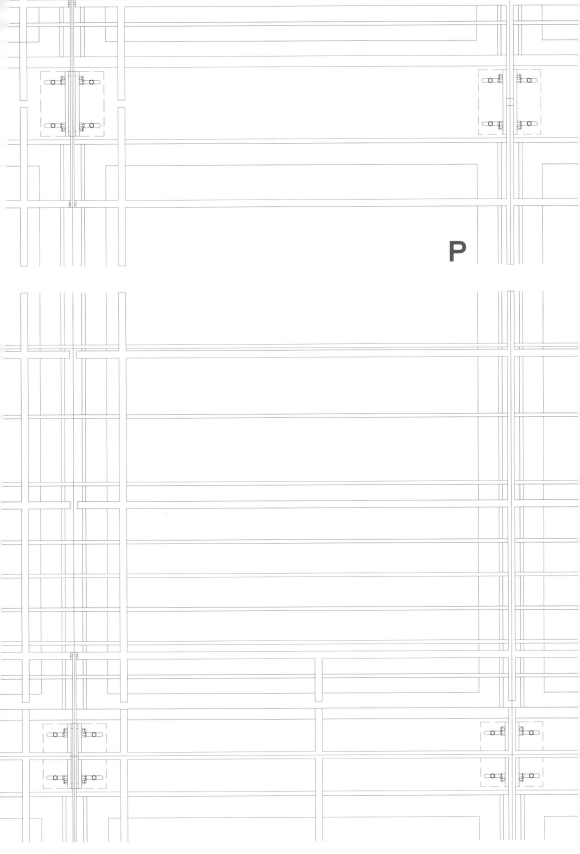

Q

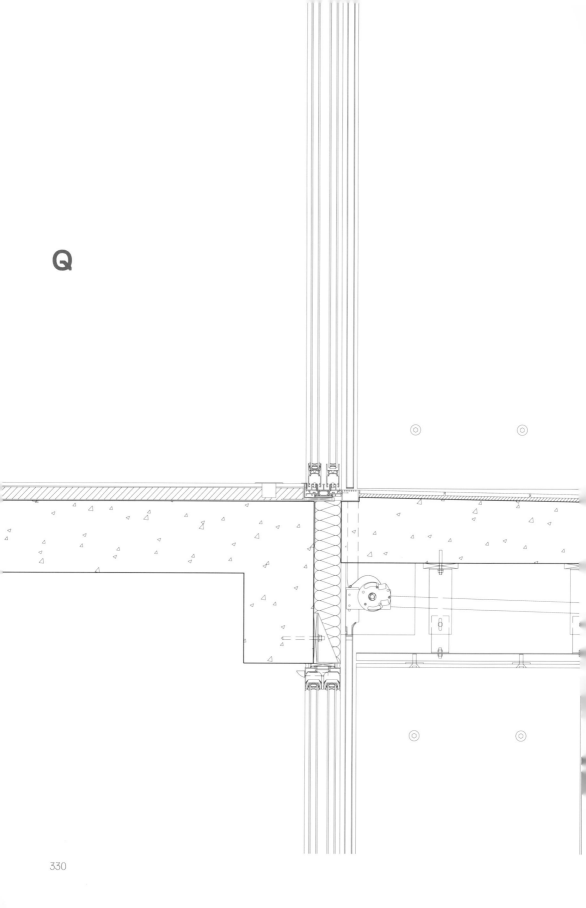

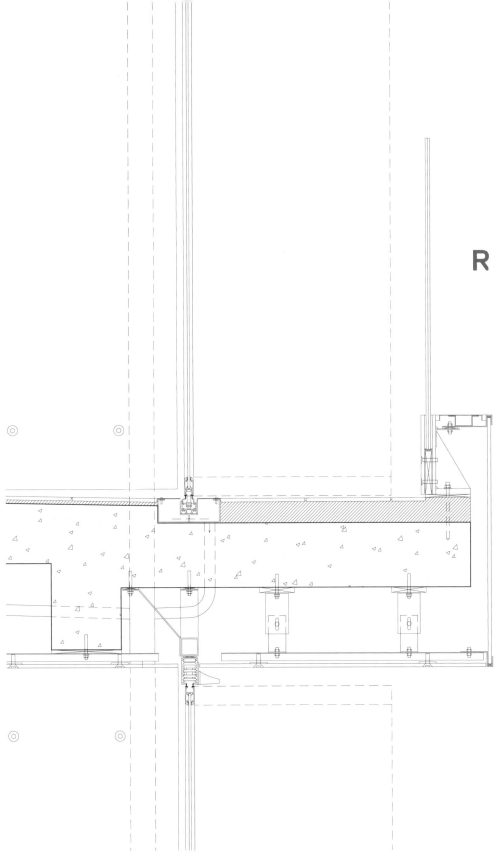

R

TECHNICAL SHEETS OF PROJECTS

MUSEUM OF FINE ARTS LILLE, FRANCE 1997

Equerre d'Argent Award 1997
DuPont Benedictus Award 1998

CLIENT
Ville de Lille

LOCATION
18 bis rue de Valmy, 59000 Lille

PROGRAM
Renovation and extension of the existing museum building. Creation of a temporary exhibition space and new public services (reception, bookshop, 200-seat auditorium, library, educational studios, restaurant), preservation offices.

MUSEOGRAPHY
Reorganization of permanent collections, reception space for the Relief Plans collection.

COMPETITION
1990

REALIZATION
1992 – 1997

SURFACE
28 000 sqm Gross Floor Area
(of which 11 000 sqm is extension)

CONSTRUCTION COST
25 M € excl. taxes (building) + 5 M € excl. taxes (museography)

ARCHITECTS / MUSEOGRAPHERS
Jean-Marc Ibos Myrto Vitart

PROJECT LEADERS
Pierre Cantacuzène (building), Sophie N'Guyen (façades, museography), Hugues Fontenas (studies)

STRUCTURAL ENGINEER
Khephren Ingénierie

MECHANICAL / ELECTRICAL ENGINEER
Alto Ingénierie

QUANTITY SURVEYOR
Atec

FAÇADE CONSULTANT
Y.R.M. Anthony Hunt & Ass.

LIGHTNING CONSULTANT
L'Observatoire 1, Georges Berne

SAFETY CONSULTANT
Casso et Associés

SIGNAGE DESIGNER
Visual Design, Jean Widmer

LANDSCAPE CONSULTANT
Louis Benech

ARTISTIC INTERVENTIONS
Guilio Paolini, atrium;
Gaetano Pesce, entry hall glass lights

MAIN CONTRACTORS
SOGEA Nord (concrete works) PMB-Eiffel (façades, glass roof) SPIE Trindel (electrical systems) Rineau (HVAC) Alexandre (partitions); Maurizi (ironwork); Cazeaux-Bauters (stone restoration); Borrewater et Carnoy (plaster works); OTIS (lifts); Modern Peinture (paintwork); GA Potteau, Maurizi et Réponse (museographic display furniture)

CHURCH
PARIS-LA-DÉFENSE,
FRANCE
1994

CLIENT
Les Chantiers du Cardinal

PROGRAM
250-seat church, public reception area (exhibition area, bookstore, meeting rooms, restaurant), offices.

COMPETITION
1994, jury special award

SURFACE
1500 sqm Gross Flooor Area

CONSTRUCTION COST
5 M € excl. taxes

ARCHITECTS
Jean-Marc Ibos Myrto Vitart

PROJECT TEAM
Nathalie Dupont, Nathalie Bellemare

STRUCTURAL ENGINEERS
YRM & Antony Hunt Ass.

MECHANICAL/ELECTRICAL ENGINEERS
Alto Ingénierie

QUANTITY SURVEYOR
Atec Eco

SAFETY CONSULTANT
Casso et Associés

CONSULTANT
Father Benoît Peckle/Convent of La Tourette

IMAGES
Didier Ghislain

SCHOOL
OF ARCHITECTURE
PARIS, FRANCE
2002

CLIENT
Ministère de la Culture et de la Communication

PROGRAM
Extension and rehabilitation of an existing hall. 360-, 180- and 120-seat amphitheatres, classrooms, studios, multimedia and material libraries, exhibition space, bookstore, cafeteria, offices.

COMPETITION
2002

SURFACE
15 600 sqm Gross Floor Area

CONSTRUCTION COST
21 M € excl. taxes

ARCHITECTS
Jean-Marc Ibos Myrto Vitart

PROJECT TEAM
Gricha Bourbouze, Nils Christa, Sébastien Duron, Florence Mauny, Susanne Stacher, François Texier, Claudia Trovati

STRUCTURAL ENGINEER
N. Green & A. Hunt Ass.

MECHANICAL/ELECTRICAL ENGINEER
Alto Ingénierie

ACOUSTICS
Jean-Paul Lamoureux

QUANTITY SURVEYOR
ACE Consultants et Associés

SAFETY CONSULTANT
Casso et Associés

IMAGES
Artefactory, Didier Ghislain

MUSEUM
OF AUDIOVISUAL ARTS
ROME, ITALY
2002

CLIENT
Ministero per i Beni e le Attività Culturali

PROGRAM
Conversion of an institutional building into a museum. Reception, conference rooms, library, video library, educational studios, restaurant, cafeteria, exhibition areas, administrative offices.

COMPETITION
2002, winning project, not realized

SURFACE
22 000 sqm Gross Floor Area

CONSTRUCTION COST
32 M € excl. taxes

ARCHITECTS
Jean-Marc Ibos Myrto Vitart

PROJECT TEAM
Claudia Trovati, Paul-Eric Schirr-Bonnans,
Nils Christa

STRUCTURAL/MECHANICAL/
ELECTRICAL ENGINEER
Intertecno Milano

SAFETY CONSULTANT
Casso et Associés

SCENOGRAPHY
Michel Rioualec

CONSULTANTS
Anne Frémy, Jérome Delormas

IMAGES
Artefactory

FIRE STATION NANTERRE, FRANCE 2004

CLIENT
Prefecture of Police

LOCATION
6 rue de l'Industrie, 92000 Nanterre

PROGRAM
Fire station (truck garages, maintenance shop, dining centre, recreation centre, sport room, dormitories), 30 family apartments.

COMPETITION
1996

REALIZATION
2003 – 2004

SURFACE
13 500 sqm Gross Floor Area

CONSTRUCTION COST
15.5 M € excl. taxes

ARCHITECTS
Jean-Marc Ibos Myrto Vitart

PROJECT LEADERS
Marie-Alix Beaugier (building), Stéphane Bara (façades)

STRUCTURAL ENGINEER
Khephren Ingénierie

MECHANICAL/ELECTRICAL ENGINEER
Alto Ingénierie

QUANTITY SURVEYOR
ACE Consultants et Associés

SAFETY CONSULTANT
Casso et Associés

GENERAL CONTRACTOR
Hervé SA

POLICE CITADEL LUXEMBOURG-VERLORENKOST, LUXEMBOURG 2003

CLIENT
État du Grand Duché de Luxembourg

PROGRAM
Public reception (auditorium, exhibition space), administrative and logistical services, apartments, 1400-car parking.

COMPETITION
2003

SURFACE
60 000 sqm Gross Floor Area + 35 000 sqm parking

CONSTRUCTION COST
115 M € excl. taxes

ARCHITECTS
Jean-Marc Ibos Myrto Vitart

PROJECT TEAM
Stéphane Bara, Nils Christa, Gilles Delalex,
Paul-Éric Schirr-Bonnans

STRUCTURAL ENGINEER
VP & Green Ingénierie

MECHANICAL/ELECTRICAL ENGINEER
Inex Ingénierie

QUANTITY SURVEYOR
ACE Consultants et Associés

SAFETY CONSULTANT
Casso et Associés

LANDSCAPE CONSULTANT
Louis Benech

IMAGES
Artefactory

NATIONAL LIBRARY LUXEMBOURG-KIRCHBERG, LUXEMBOURG 2003

CLIENT
Administration des Bâtiments Publics

PROGRAM
Public reception space (auditorium, exhibitions, cafeteria), reading rooms, archives, offices and service areas.

COMPETITION
2003, second prize

SURFACE
50 000 sqm Gross Floor Area

CONSTRUCTION COST
75 M € excl. taxes

ARCHITECTS
Jean-Marc Ibos Myrto Vitart

PROJECT TEAM
Stéphane Bara, Nils Christa, Stéphane Pereira, Agnès Plumet, Paul-Éric Schirr-Bonnans, Claudia Trovati

STRUCTURAL ENGINEER
VP & Green Ingénierie

MECHANICAL / ELECTRICAL ENGINEER
Jean Schmit Engineering

QUANTITY SURVEYOR
ACE Consultants et Associés

SAFETY CONSULTANT
Casso et Associés

IMAGES
Artefactory

HERMÈS STUDIOS PANTIN, FRANCE 2006

CLIENT
SCI Auger Hoche

PROGRAM
Extension of an existing building, including offices, workshops / studios, firm restaurant, cafeteria, 320-car parking

STUDIES
2002 – 2006, project not realised

SURFACE
33 000 sqm Gross Floor Area

CONSTRUCTION COST
88 M € excl. taxes

ARCHITECTS
Jean-Marc Ibos Myrto Vitart

PROJECT LEADERS
Marie-Alix Beaugier, Susanne Stacher

INTERIOR ARCHITECTURE
RDAI / Réna Dumas

STRUCTURAL ENGINEER
VP & Green Ingénierie

MECHANICAL / ELECTRICAL ENGINEER
Inex Ingénierie

QUANTITY SURVEYOR
Lucigny Talhouët et Associés

SAFETY CONSULTANT
Casso et Associés

IMAGES
JMIMV

TEENAGER HOSPITAL PARIS, FRANCE 2004

CLIENT
Fondation des Hôpitaux de Paris, Hôpitaux de France et Assistance publique, Hôpitaux de Paris

LOCATION
97 boulevard du Port Royal, 75014 Paris

PROGRAM
Within the Cochin Hospital, lobby, medical consultation, hospitalisation facilities (20 beds), activity rooms (sport, dance, music, workshops), research and administrative areas, parking

COMPETITION
2000

REALIZATION
2003 – 2004

SURFACE
6 100 sqm Gross Floor Area

CONSTRUCTION COST
19 M € excl. taxes / furnishings

ARCHITECTS
Jean-Marc Ibos Myrto Vitart

PROJECT LEADERS
François Texier (building); Gricha Bourbouze (façades, exteriors)

STRUCTURAL/MECHANICAL/ELECTRICAL ENGINEER
Betom Ingénierie

FAÇADES CONSULTANT
N. Green & A. Hunt Ass.

QUANTITY SURVEYOR
ACE Consultants et Associés

SAFETY CONSULTANT
Casso et Associés

LANDSCAPE CONSULTANT
Louis Benech

GENERAL CONTRACTOR
Bouygues Bâtiment

STRUCTURAL ENGINEER
N. Green & A. Hunt Ass.

MECHANICAL/ELECTRICAL ENGINEER
Betom Ingénierie

QUANTITY SURVEYOR
ACE Consultants et Associés

SAFETY CONSULTANT
Casso et Associés

COORDINATION
Betom — Pierre Ollivier

LANDSCAPE CONSULTANT
Louis Benech

MAIN COMPANIES
GTM-MAB Construction (concrete works, façades, glass roof); Plassart (joinery); Ouest Métal service (steel structure, ironwork); Seitha (HVAC-coordination); Satel/Satie (electrical systems); Goni (paintwork); Tixit (shelving); Réponse (furniture manufacturer)

DEPARTMENTAL ARCHIVES
RENNES, FRANCE
2006

CLIENT
Conseil Général d'Ille et Vilaine

LOCATION
1 rue Jacques Léonard, 35000 Rennes

PROGRAM
Reception, 160-seat auditorium, exhibition spaces, educative centre, reading room, 58 km of archives + 20 km for future extension, administrative offices, document processing areas.

COMPETITION
2002

REALIZATION
2004–2006

SURFACE
16 800 sqm Gross Floor Area

CONSTRUCTION COST
20 M € excl. taxes

ARCHITECTS
Jean-Marc Ibos Myrto Vitart

PROJECT LEADER
Laurent Lagadec

DANCE AND MUSIC CENTRE
THE HAGUE, NETHERLANDS
2010

CLIENT
City of The Hague

PROGRAM
Gathering of three institutions the Dutch Dance Theatre, the Residential Orchestra and the Royal Conservatory; 1000 and 350-seat theatres, 1500 and 500-seat symphony halls, rehearsal studios, Conservatory classrooms, public reception areas, restaurants, shops, offices

COMPETITION
2010

SURFACE
62 000 sqm Gross Floor Area

CONSTRUCTION COST
170 M € excl. taxes

ARCHITECTS
Architectuurstudio HH/Herman Hertzberger (principal architect), Jean-Marc Ibos Myrto Vitart, Rapp+Rapp (associate architects)

PROJECT TEAM
Romain Leal, Jordi Lopez, Stéphane Pereira

STRUCTURAL ENGINEERS
ABT Consulting Engineers (NL)

SUSTAINABILTY CONSULTANT
moBius Consult (NL)

ACOUSTICS
Studio DAP, Quantity surveyor PRC Kostenmanagement (NL)

IMAGES
Luxigon

TECHNICAL CENTRE PORTE POUCHET PARIS, FRANCE 2010

CLIENT
Semavip

PROGRAM
Municipal Automobile Transport and Fire station workshops and garages, intervention offices; Fire station dormitories, reception areas, stadium and 300-seat stands; HQE (High Environmental Quality), BBC (Low Consumption Building) profile

COMPETITION
2010

SURFACE
15 500 sqm Gross Floor Area

CONSTRUCTION COST
23.5 M € excl. taxes

ARCHITECTS
Jean-Marc Ibos Myrto Vitart

PROJECT TEAM
Romain Leal, Jordi Lopez, Paul-Eric Schirr Bonnans

STRUCTURAL ENGINEER
VP & Green Ingénierie

MECHANICAL / ELECTRICAL ENGINEER
Betom Ingénierie

SUSTAINABILITY CONSULTANT
Cap Terre

QUANTITY SURVEYOR
Mazet et Associés

LANDSCAPE
Louis Benech

IMAGES
Luxigon

ANDRÉ MALRAUX LIBRARY STRASBOURG, FRANCE 2008

CLIENT
Communauté Urbaine de Strasbourg

LOCATION
1 Presqu'île Malraux, 67100 Strasbourg

PROGRAM
Conversion and extension of existing grain warehouses; reception, temporary exhibition room, 124-seat auditorium, cafeteria, reading rooms, document treatment studios, archives, administrative and service areas

COMPETITION
2003

REALIZATION
2006 – 2008

SURFACE
18 000 sqm Gross Floor Area

CONSTRUCTION COST
37 M € excl. taxes

ARCHITECTS
Jean-Marc Ibos Myrto Vitart

PROJECT LEADERS
Claudia Trovati (building), Stéphane Bara (façades)

STRUCTURAL ENGINEERS
VP & Green Ingénierie

MECHANICAL / ELECTRICAL ENGINEERS
Inex Ingénierie

QUANTITY SURVEYOR
ACE Consultants et Associés

ACOUSTICS
Peutz & Associés

SAFETY CONSULTANT
Casso et Associés

SIGNAGE DESIGNER
Intégral Ruedi Baur Paris

GENERAL CONTRACTOR
Joint venture between Eiffage Construction Alsace / Spie Batignolle Est / Forclum-Spie

FAÇADE
Portal glass / Métal constructions

CITY HALL COMPLEX
BORDEAUX, FRANCE
2011

CLIENT
Ville de Bordeaux

DEVELOPER
Sogeprom

PROGRAM
Public reception areas, 100-seat auditorium, offices for 900 employees, meeting rooms, cafeteria, staff restaurant (1450-person serving capacity), parking; HQE (High Environmental Quality) and BEPOS (Positive Energy Building) profile

COMPETITION / PPP
(Public-Private Partnership)
2010 / 2011, finalist project

SURFACE
21000 sqm Gross Floor Area

CONSTRUCTION COST
48 M € excl. taxes

ARCHITECTS
Jean-Marc Ibos Myrto Vitart

PROJECT TEAM
Bastien Saint-André, Stéphane Bara, Maxence Bohn, Romain Leal, Fanny Lenoble, Pauline Marie d'Avigneau, Romain Péquin

MECHANICAL / ELECTRICAL ENGINEER, SUSTAINABILITY
SNC-Lavallin

STRUCTURE
SPIE-Batignolles

ELECTRICAL / HVAC
Cegelec

OPERATION / MAINTENANCE
Cegelec

SAFETY CONSULTANT
Casso et Associés

SIGNAGE
Intégral Ruedi Baur Paris

IMAGES
Luxigon

HOUSING AND RETAIL
COMPLEX
BOULOGNE-BILLANCOURT,
FRANCE
2007

CLIENT
DBS (Nexity Foncière Colysée / Icade Capri / Vinci Immobilier Promotion)

DEVELOPER
SAEM Val de Seine Aménagement

LOCATION
Quai Georges Gorse, 92100 Boulogne-Billancourt

PROGRAM
185 housing units for acquisition, 5300 sqm shopping centre, private and public parking (1000 cars), exterior spaces; BBC (Low Consumption Building) profile

COMPETITION
2008

STUDIES
2009 – 2012

COMPLETION
2014

SURFACE
26000 sqm Gross Floor Area

CONSTRUCTION COST
51 M € excl. taxes

ARCHITECTS
Jean-Marc Ibos Myrto Vitart

PROJECT LEADERS
Stéphane Pereira (building), Stéphane Bara (façade studies)

STRUCTURAL ENGINEER
Scyna 4

MECHANICAL / ELECTRICAL ENGINEER
Alto Ingénierie

SUSTAINABILITY CONSULTANT
Pouget

SAFETY CONSULTANT
Casso et Associés

LANDSCAPE CONSULTANT
Louis Benech

IMAGES
Luxigon

BIOGRAPHIES

JEAN-MARC IBOS (1957)
studied architecture at the École Nationale Supérieure des Beaux-Arts, UP5, in Nanterre. Graduated (DPLG) in 1982, he won the PAN (New Architecture Program) in 1981, the Albums of Young Architecture in 1983 and the Villa Medicis Hors les Murs in 1984. Associated with Jean Nouvel for the project Némausus, in Nîmes, completed in 1987, he founded in 1985 with Emmanuel Blamont, Jean Nouvel and Myrto Vitart, the Jean Nouvel et Associés office. Major projects come from this period including the Palais des Congrés in Tours, the Kansai Airport and the Tour sans Fin in la Défense. In 1990 he creates with Myrto Vitart, the Jean Marc Ibos Myrto Vitart office. The Museum of Fine Arts of Lille, the first completed project of the office and winner of the Equerre d'Argent award in 1997 and of the DuPont Benedictus award in 1998, earned him international recognition. Many studies follow, institutional or private, as well as completed projects such as the Fire Station in Nanterre, the Maison des Adolescents—Cochin Hospital in Paris, inaugurated in 2004, the Departmental Archives of Ille et Vilaine in Rennes in 2006, and the André Malraux Library in Strasbourg in 2008. Jean Marc Ibos taught at the School of Architecture of Paris la Défense in Nanterre, from 1998 to 2002 and at the Technische Universitat Berlin from 2002 to 2005. He has been Visiting Professor at the École Spéciale d'Architecture, Paris, in 1994/1995, at the Columbia University, New York, in 2000/2001 and at the EPFL, Lausanne, in 2005/2006. He now teaches at the École Nationale d'Architecture et de Paysage de Lille.

MYRTO VITART (1955)
studied architecture at the École Nationale Supérieure des Beaux-Arts, UP7, in Paris, and graduated (DPLG) in 1984. She worked from 1979 to 1985 with Jean Nouvel and founded in 1985, with Emmanuel Blamont, Jean-Marc Ibos and Jean Nouvel, the Jean Nouvel et Associés office. At that time, she completed the Onyx Cultural Centre in Saint-Herblain, inaugurated in 1988. In 1990 she creates with Jean-Marc Ibos, the Jean Marc Ibos Myrto Vitart office. The Museum of Fine Arts of Lille, the first completed project of the office and winner of the Équerre d'Argent in 1997 and of the DuPont Benedictus price in 1998, earned her international recognition. Many studies follow, institutional or private, as well as completed projects such as the Fire Station in Nanterre, the Maison des Adolescents—Cochin Hospital in Paris, inaugurated in 2004, the Departmental Archives of Ille et Vilaine in Rennes in 2006, and the André Malraux Library in Strasbourg in 2008. Myrto Vitart has been Visiting Professor at the École Spéciale d'Architecture, Paris, in 1994/1995 then in 2010/2011, at the Columbia University, New-York, in 2000/2001 and at the EPFL, Lausanne, in 2005/2006.

CONTENTS

FUNCTION AND FICTION 008–026
Dominique Boudet

THE SEARCH OF A NEW PUBLIC SPACE 030–043
Liane Lefaivre, Alexander Tzonis

AN ART OF PRECISION 046–250
Jean-Marc Ibos, Myrto Vitart

    MUSEUM OF FINE ARTS, LILLE 053–082

    CHURCH, PARIS-LA-DÉFENSE 089–096

    SCHOOL OF ARCHITECTURE, PARIS 097–106

    MUSEUM OF AUDIOVISUAL ARTS, ROME 107–116

    FIRE STATION, NANTERRE 123–146

    POLICE HEADQUARTER, LUXEMBOURG 147–154

    NATIONAL LIBRARY, LUXEMBOURG 159–166

    HERMÈS STUDIOS, PANTIN 167–174

    TEENAGER HOSPITAL, PARIS 185–206

    DEPARTMENTAL ARCHIVES, RENNES 207–232

    DANCE AND MUSIC CENTRE, THE HAGUE 237–246

    TECHNICAL CENTRE, PORTE POUCHET, PARIS 251–258

    ANDRÉ MALRAUX LIBRARY, STRASBOURG 259–296

    CITY HALL COMPLEX, BORDEAUX 297–304

    HOUSING AND RETAIL COMPLEX, BOULOGNE-BILLANCOURT 305–312

DETAILS 313–331

TECHNICAL SHEETS OF PROJECTS 333–339

BIOGRAPHIES 341

EDITOR Dominique Boudet, Paris
GRAPHIC DESIGN Ruedi Baur, Antje Kolm, Paris

TRANSLATION Emma Cand, London, Ronald Corlette Theuil, Paris
PROOFREADING Joelle Bibas, Paris
PHOTO ENGRAVING DPFScann, Paris
PRODUCTION Maryline Robalo, Paris
PRINTING AND BINDING Artigrafiche, Rome

PHOTO CREDITS
Dominique Boudet p. 128/129, 130, 131, 139, 140/141, 144, 198, 203, 278, 280/281, 286, 287, 290, 294/295
Laure Boudet p. 35, 201, 206 Simon Burkart p. 15, 25, 44/45, 268/269, 274/275, 282/283, 296
Stéphane Chalmeau p. 18, 40, 214/215, 216/217, 218/219, 220, 221, 222/223, 224, 225, 226, 227, 228, 229, 230/231, 232 Christophe Demonfaucon p. 192, 193 Georges Fessy p. 10, 17/18, 24, 60/61, 65, 66/67, 72, 73, 74/75, 76/77, 78, 79, 80, 130/131, 132, 133, 134/135, 136, 140, 141, 143, 192/193, 194/195, 197, 198, 200, 202/203, 274/275, 277, 280/281, 287 Gaston p. 62/63, 64/65, 70/71, 72/73 Didier Ghislain p. 146
Ibos et Vitart p. 21 Philippe Ruault cover, p. 266/267, 288/289, 292/293 Bastien Saint-André p. 32
Droits réservés p. 56/57, 60, 61, 110/111, 112, 189/189, 210/211, 262/263, 264/265

PRINTED WITH FINANCIAL SUPPORT OF

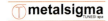

This work is subject to copyright.
All rights are reserved, whether the whole or part of the material is concerned, specifically those of translation, reprinting, re-use of illustrations, broadcasting, reproduction by photocopying machines or similar means, and storage in data banks.

This work is a cooperation between Archibooks + Sautereau éditeurs and AMBRA | V
© 2013 AMBRA | V
AMBRA | V is part of Medecco Holding GmbH, Vienna

Product Liability: The publisher can give no guarantee for the information contained in this book. The use of registered names, trademarks, etc. in this publication does not imply, even in the absence of a specific statement, that such names are exempt from the relevant protective laws and regulations and are therefore free for general use.

The publisher has exclusive rights for worldwide publication and distribution, except for orders from France, Belgium, Luxemburg and Switzerland, which must be placed at Archibooks (Paris).

Printed in Italy, 2nd trimester 2013
With 124 (mainly colored) illustrations and 97 plans and sections.

ISBN 978-3-99043-569-4 AMBRA | V